Noxa

María Inés Krimer

Revólver
EDITORIAL

Krimer, María Inés
    Noxa / María Inés Krimer. - 1a ed . - Ciudad Autónoma de Buenos Aires : Editorial
Revólver S.R.L., 2016.
    160 p. ; 23 x 15 cm.

    ISBN 978-987-46260-0-4

    1. Novelas Policiales. 2. Novelas de Misterio. I. Título.
    CDD A863

Primera edición: agosto de 2016

Publicado por:
EDITORIAL REVÓLVER S.R.L.
Zapiola 367
(C1426ATG) Buenos Aires
info@editorialrevolver.com

© María Inés Krimer 2016
© Editorial Revólver, S.R.L, 2016

Printed in Argentina
ISBN: 978-987-46260-0-4
Hecho el depósito que previene la ley 11.723

Diseño e ilustración de portada:
Diego A. Jiménez - www.behance.com/diye

Impresión:
Elías Porter y Cía S.R.L.
Plaza 1202, C.A.B.A

A Jorge

Noxa: Daño

María Moliner
Diccionario de uso del español

*Si se tratara de un veneno, habría que esperar siempre
los mismos síntomas.*

Stanislaw Lem
La fiebre del heno (*Katar*, 1976)

Prólogo

El tronco cae en el borde del agua, dando un chicotazo sordo. El hombre apaga la motosierra. Se arrodilla para inspeccionar el corte. El silencio aumenta el chillido de los pájaros. Un chimango levanta vuelo, espantando una bandada de avutardas. El olor a gasoil se mezcla con el de la madera recién cortada. El campamento se instaló desde temprano y ahora, a media mañana, aunque la tierra todavía está húmeda sigue el desmonte de árboles y yuyos. El resto es campo yermo, listo para ser sembrado. El hombre cuenta la historia de un rayo que cayó en medio del monte y mató a un linyera que se había refugiado para pasar la noche. De una cosechadora que decapitó al hijo de un vecino. Las conoce porque nació en la zona, dice, en una familia que alquilaba la tierra para sembrar maíz y después tenía que devolver alfalfa. Y también, que fue encargado de tambo, tractorista, peón de feria. Ahora limpia el campo por la leña, nomás. Otro hombre escucha, prende un cigarrillo, asiente en silencio. El humo asciende, se mezcla con la niebla. De pronto oyen un traqueteo de pezuñas. Los dos miran hacia el otro lado del camino. Las vacas forman un espiral que se agranda en el centro, un rebenque vuela en medio de las atropelladas. Debe hacer bajo cero, dice el primer hombre y se sopla los dedos entumecidos. El otro apaga el cigarrillo contra el tronco. Una camioneta pasa a marcha lenta. Patina en la superficie chirle y pese a que el conductor trata de seguir la huella, el vehículo resbala hacia los costados. Cuando desaparece en la curva, el primer hombre vuelve a inspeccionar el tronco. Repasa las instrucciones que le dieron en el corralón. Tenía que hacer un tajo horizontal, casi en el borde. Después, trazar una diagonal hacia arriba, de diez centímetros y volver a cortar derecho. No entiende por qué el árbol se desplomó hacia el agua cuando tendría que haber caído en dirección opuesta. Mira cómo un cascote se termina de hundir formando una onda mansa en la superficie oscura. Antes de que desaparezca por completo algo le llama la atención:

—¿Y esto qué es? —pregunta.

—No sé.

El primer hombre se acerca a la orilla.

—Parece una mano.

—De nene —dice el otro.

1

Una lluvia fina me humedece la cara. Me paso la lengua por los labios. El avión atraviesa una nube, planea en círculos, deja una estela blanca. Una mujer corre con el brazo extendido, como si quisiera alcanzarla. Me mezclo entre la gente. Piso un pie. Otro. Bolsas de nylon. Cáscaras de naranja. Etiquetas de cigarrillos. Un hombre de overol con un pañuelo rojo anudado al cuello levanta la cabeza y grita: ¡Los árboles, cuidado con los árboles! Miro hacia el otro lado de la ruta. Unos silos flotan en medio de la pampa. El avión pasa por encima, cesa su balanceo y por un momento queda súbitamente quieto, suspendido en el aire. Siento la vibración del celular en la mochila. Lo saco y deslizo el dedo por la pantalla.

–¿Dónde estás? –pregunta Juan.

–En el corte.

–¿Averiguaste algo?

–Acabo de llegar.

El avión acelera, como precipitándose a toda velocidad. El ruido dura unos segundos. Se eleva, ahora es un punto chico, oscuro. Sigue hasta desaparecer en el horizonte.

–No se escucha nada –digo–. Te llamo desde el hotel, más tarde.

Saco fotos. Autos parados en la ruta. Un acoplado. Gomas quemadas. Carteles. Pasacalles. Un hombre con la cabeza metida adentro de la caja de una camioneta gesticula frente a un conductor, trata de explicarle los motivos del corte. Gritos. Puteadas. Bocinazos. Los manifestantes dan la orden de levantar las barreras. Alguien sostiene un cartel garabateado de apuro. El humo me hace lagrimear. Más fotos. Juan me mandó a cubrir el reclamo por el uso del Noxa: sabía lo que iba a pasar esa mañana. Las opiniones estaban divididas, lo leí durante el viaje: "La afirmación de que durante veinte años

13

la gente estuvo comiendo granos sin intoxicarse no prueba su inocencia. Hay preguntas flotando en el aire. Una es sobre la circulación del Noxa en el cuerpo. Una vez en la sangre, no hay estudios confiables". En el pueblo habían desaparecido las abejas, los sapos, los bichitos de luz. Los pájaros migraron. La denuncia que llegó a la redacción de La mañana hablaba de chicos que nacían con riñones viejos y genitales atrofiados.

—¿Te animás? —me toreó Juan.

—Sí.

Después de la nota sobre Turismo Carretera no apareció nada importante. Y en el pueblo estaba Ema. La conocí un verano que viajé a visitar a la bobe. Nos hicimos amigas. Carne y uña. Ni bien me levantaba iba a desayunar al vivero y algunas noches ella venía a nuestra casa. Sacábamos los colchones a la galería. La bobe prendía un espiral sostenido por un escarbadientes incrustado en una papa pero los mosquitos no daban tregua y amanecía picada, ahí donde no me tapaba la sábana: el falso crup que tuve de chica era tema obligado en las tertulias familiares. Por las mañanas salíamos al campo y por las tardes recorríamos las calles entre las mujeres que hacían los mandados y los hombres que arreglaban las bicicletas o cortaban el pasto. Hacíamos planes, una vez casadas. Ella iba a tener un solo hijo, un varón. Yo quería varios. Los viajes se interrumpieron por el accidente de mis padres y dejamos de vernos. Años más tarde nos encontramos en Buenos Aires, en la carrera de periodismo. Volvimos a pasar muchas horas juntas, preparando materias. Ella dejó por la muerte de la madre y regresó para hacerse cargo del vivero. Nosotros nos trajimos a la bobe y a partir de ahí perdimos el contacto. Cuando Juan me propuso hacer la nota pensé que era un buen motivo para el reencuentro. Ahora no estaba segura. Todos nos inventamos historias para imaginar que fuimos amadas de verdad. ¿Quién puede asegurarlo? Pensé que Ema se iba a volver loca con mi llegada, pero no respondió a mis mensajes.

Nos van a matar a todos, dice la mujer que corrió detrás de la estela. Se saca una alpargata, se limpia el pie con la mano. Se vuelve a calzar. Mira hacia el horizonte. Otra pliega una reposera y guarda las facturas sobrantes en una canasta. Repaso la información sobre el origen del pueblo. En agosto de mil ochocientos ochenta y nueve ancló en el puerto de Buenos Aires el vapor Weser. Allí viajaban unas setecientas personas apiñadas en una bodega con dos *torot* a cuestas. Venían de Rusia, de la región de Kamenetz-Podolsk, y habían salido de Bremen treinta y cinco días antes, en un viaje sin retorno. Otros pueblos se construyeron en la zona respetando el mismo mapa: sinagoga-cementerio-escuela. Se entregaron a los colonos unas hectáreas, elementos de labranza y animales. Durante casi un siglo vivieron del trigo, el maíz y otros cultivos que se destinaban en parte al consumo. El resto se vendía en las ferias francas. Hasta que apareció la soja. Un día nuestras plantas amanecieron todas quemadas, dijo un vecino. Nos picaban los ojos. Algunos tuvieron diarrea, dolores de cabeza, les sangraba la nariz. Habían pulverizado los campos linderos sin darse cuenta de que se venía el viento norte.

La multitud empieza a disgregarse. El hombre del pañuelo pregunta si el avión volverá a pasar. Quién sabe, dice la mujer de la reposera. Agrega: se cagan en las ordenanzas. El otro día rociaron el patio del *shule* durante el recreo. A pocos metros veo una garza parada en un charco. Hace equilibrio para sostenerse en una pata. Las mujeres guardan los termos, llaman a los chicos escondidos detrás de un arado. Uno tiene la cara y los brazos cubiertos de escaras. Saco las últimas fotos, guardo el celular y vuelvo al taxi. El hombre tiene la cabeza apoyada sobre el respaldo, los ojos cerrados. Abro la puerta.

–Disculpe.

Le doy la dirección del vivero.

Yo también necesitaría dormir, pienso mientras me acomodo en el interior del auto. El motor ronronea. El viento mueve los sembrados. Unas vacas pastan a los costados de la ruta. Más adelante, veo los silos. El movimiento del auto los cambia de lugar a medida que avanzamos: aunque están separados unos de otros, parecen pegados. Las líneas rectas y el brillo de las chapas se me ofrecen y a la vez se me niegan. Le pregunto al chofer qué opina del corte. Contesta con un gruñido. La imagen de Vera aparece, de golpe. No debí dejarla sola, me reprocho. Después de lo que pasó vivía con miedo, la llamaba a cada rato. Discutíamos y mi hija amenazaba con irse a vivir con el padre. Vuelvo la cabeza y los silos siguen ahí, oscuros contra el poniente. O están lejos o nos deslizamos muy despacio. Los recodos del camino los ocultan hasta desaparecer por completo.

La entrada al pueblo está silenciosa. Una mujer en bicicleta nos saluda levantando la mano. El chofer se detiene en un kiosco y compra cigarrillos. Arranca, avanza unas cuadras y para en el vivero. Pago, me bajo. Reconozco el cartel con el cactus verde. La cerca de alambre tejido, cubierta de glicinas azules, está caída en varios lugares. Antes era el único negocio de la cuadra, pero veo a un costado un corralón de materiales y del otro lado una veterinaria. Entro al tinglado donde se apiñan potus, begonias y colas de zorro sobre estantes de madera. El lugar conoció tiempos mejores, ahora parece abandonado: hojas quemadas, brotes oscuros, tierra seca. Golpeo las manos. Un hombre con un mono grafa manchado aparece detrás de un ficus. Saludo, le pregunto por Ema y sin decir una palabra me señala el camino.

Avanzo por el sendero de ligustrinas. Toco el timbre. Me abre una mujer alta, sesenta años, ojos grises como las raíces del pelo que comienzan a avanzar peligrosamente sobre el teñido. Las manchas de las manos hacen pensar en un exceso de sol. Tiene una camisa suelta, amplia para sus hombros estrechos, calza ojotas y las uñas de los pies no están muy limpias.

—¿Qué hace acá?

—El hombre me dijo que pasara.

La mujer frunce el ceño.

—¿El mudo?

—¿Es...?

La mujer me interrumpe.

—No le habrá podido contar demasiado. ¿Qué necesita?

—Busco a Ema.

La mujer se acomoda un pliegue de la camisa.

—No está.

—Soy una compañera de la Facultad. Estoy de paso y le mandé un mensaje. No me contestó.

Le extiendo una tarjeta. La lee con cuidado, me la devuelve y me mira de arriba abajo.

—Marcia Meyer. ¿La periodista?

—¿Me conoce?

—Ema me habló de usted, sonríe. Soy Rosario, la encargada. Pase, por favor.

Entramos a la casa. La luz se filtra a través de los postigos. No reconozco las paredes blancas ni los techos altos. Una capa de polvo cubre el juego de comedor francés. Los platos de porcelana. La alfombra persa. Los muebles son escasos, como si las mejores piezas se hubiesen vendido o regalado y la única función de los que quedan fuera llenar el espacio vacío. Hay olor a cera, a desodorante de ambientes. ¿Es la casa de Ema? Tal vez es la casa de una amiga que no conocí jamás. Me cuesta relacionarla con la chica que integró el seleccionado de básquet y llegó a jugar federada. Rosario me indica el sillón del gobelino floreado. De a poco el paisaje de los platos me resulta familiar: árboles desnudos, por encima un cielo con nubes y a lo lejos, unas colinas esfumadas. Me siento. Los apoyabrazos se cierran sobre mí como una mano.

—Me dijo que buscaba a Ema.

Rosario arrima una silla.

—Hace dos semanas que no tengo noticias.

—Es mucho tiempo.

Se sienta y saca unas galletitas express de un bolsillo.

—¿Quiere? —me ofrece—. A esta hora siempre pico algo. Me agarra languidez.

—No, gracias.

Rosario tritura una express con la mano. Se va metiendo los pedazos en la boca.

—Ella viaja mucho. Yo estoy acostumbrada a que desaparezca sin avisar tres, cuatro días. Pero nunca pasó tanto tiempo, dejó todo esto —señala el tinglado— como lo ve... Hay que pagar cuentas, sueldos, comprar abonos... Encima esa porquería que lo quema todo.

—El Noxa.

—¿Usted sabe?

—Por eso estoy acá.

—Tendría que contar lo que pasa. Chicos que nacen con cuatro dedos, mujeres que abortan.

—Me mandaron a hacer una nota. ¿Podría hacerle unas preguntas, más adelante?

—Encantada.

Le gusta hablar, registro.

Era una de las lecciones que aprendí en la práctica de la profesión: dejar que el otro hable, no interrumpirlo. Por lo general no utilizaba grabador, me arreglaba con mi bloc salvo que sintiera la necesidad de registrar un testimonio o hacer sentir *de verdad* que era una entrevista. Cuando recurría a una fuente tomaba notas e incluso, en ciertas ocasiones, confiaba en mi memoria.

Miro hacia el tinglado.

—¿Ema no llamó?

—Ni un mensaje, nada.

—¿El celular?

—Apagado.

Se lleva otro pedazo a la boca.

—¿En serio que no quiere?

—¿Tiene agua?

Rosario se para, desaparece a través de una puerta. Al rato vuelve con un vaso lleno. Se sienta.

Nos quedamos calladas. Escuchamos el ruido sobre la casa y las dos miramos hacia el techo. Rosario se para otra vez, cierra las ventanas. Se vuelve a sentar.

—Usted conoce a Ema —arranca—. Cuando se le mete algo en la cabeza no hay quien la haga cambiar de idea. Primero fueron los limones machucados, ella sospechó que la fumigación tenía algo que ver. Los aviones no respetaban el límite impuesto por la municipalidad y el veneno caía sobre las plantas. Cuando la gente se empezó a enfermar convocó a los vecinos, presentó reclamos, pero no pasó nada. Siguió sola, se creía el Quijote contra los molinos de viento. Estaba amenazada, sabe... Presentó una denuncia pero el juez dijo que no había delito y le iniciaron una demanda por calumnias.

—¿Tiene idea de dónde puede estar?

—No sé. Por ahí los del corte saben algo. Claro que hay cada uno. Hable con el médico, el doctor Rivero. Se juntaban en el hospital... —la mujer vacila, como si estuviera buscando las palabras—. Ema era de entusiasmarse con el primero que se le cruzaba —sigue—. Yo no soy quién para aconsejar a nadie pero le decía que se fijara bien, ella no me hacía caso. Hasta se enredó con un casado.

Rosario se detiene.

–Ella me cargaba, decía que me iba a conseguir un candidato. Yo no sirvo para enfermera, le contesté, bastante tengo con cuidarme...

–¿Avisó a la policía?

–Ema me mata.

Las arrugas de la cara se le acentúan. La mujer termina la galletita y se empieza a morder las uñas.

–La tienen fichada.

–¿Sabe dónde puede estar?

–Ni idea. Ella es muy reservada. Muchas veces le dije que el vivero se estaba yendo a pique. Me parece que no le importaba.

–¿Hace mucho que trabaja acá?

–Desde que murió la madre.

Muerde el último pedazo de galletita.

–Cuesta acostumbrarse a este pueblo, cuando una viene de una ciudad grande.

–Me habló de un médico.

–Diego Rivero, el clínico. Seguro que lo encuentra en el hospital.

La mujer hace una pausa.

–Él le calentó la cabeza.

Se lleva la mano a la boca para limpiarse las migas. Se levanta, se dirige a la mesa, abre un cajón y saca una hoja de papel. Me la muestra. Alguien escribió: "Yegua, cerrá la boca". Miro hacia la ventana. El avión planea, da una vuelta, empieza el ascenso.

2

Mientras camino las imágenes de Ema se agolpan en mi cabeza. Nadie se ausenta sin dejar explicaciones, un lugar donde encontrarla. Recuerdo que me gustaba contarle historias pero a ella parecían no interesarle, yo seguía hablando mientras ella miraba las copas de los árboles. Cuando abría la boca era para decir que le gustaba tomar sol temprano porque el calor del mediodía le sacaba pecas en la cara y en los brazos. Un día fuimos al arroyo. Extendimos unas toallas azules. Nos embadurnamos con bronceador. A unos metros, donde terminaba una hilera de sauces, unos pescadores tenían sus líneas extendidas. Esperaban el pique. En el silencio flotaba un aire de confesión. Le propuse ir al agua. No contestó. Siguió callada y cuando insistí respondió con un suspiro, con un temblor de la rodilla y el codo.

Me puso la mano sobre el brazo.

–Estoy enamorada –dijo.

–¿De quién?

No dijo una palabra más.

Es la hora de la siesta y en la calle no hay un alma. Trato de concentrarme en lo que me rodea. La municipalidad. El teatro. La sinagoga. El pueblo conserva el trazado de una villa europea. Desde el monumento al inmigrante en medio de la plaza –inspirada en L' Etoile– parten diagonales con forma de estrella. Paso por la puerta del museo, una casa antigua con ladrillos de barro. Me despierta curiosidad y entro. Una habitación amplia, con techos altos. Una bicicleta con cadena. Una máquina registradora. Una camilla de parto. Un hombre morocho de cejas gruesas está sentado en un escritorio, revisando papeles. Al verme levanta la cabeza. Osías, se presenta. Me preguntaba cuándo aparecería por acá. Lo saludo con un apretón de manos. Me estoy volviendo popular, pienso.

Osías me cuenta que pertenece a la tercera generación de inmigrantes. Su padre aró el campo, guio el arado, cuidó las vacas. La marca de los animales, recuerda, tenía la forma de un violín. Un peón le enseñó a cabalgar: el lazo colgaba de la silla y de la cintura, junto con el cuchillo y las boleadoras. Dice que está al frente del museo desde la fundación y que es el único empleado. En la biblioteca hay libros en polaco, ruso, francés, uno en idish para segundo grado. Buscamos en las listas de pasajeros que llegaron en el Weser mientras seguimos revisando copias de pasaportes, contratos de arrendamientos y pasajes. Abrimos los libros de la cooperativa con la inscripción: "Trigo. Canje. Harina". Seguimos recorriendo las otras habitaciones. Un afiche recuerda la actuación de Jevel Katz. Un lanzallamas para espantar la plaga de langostas. Un maniquí con un vestido de novia. Cuando termino de husmear me despido con otro apretón de manos.

—En Buenos Aires nos tienen olvidados —dice Osías—. Tratá de publicar algo.

Le pregunto por el hospital.

Vuelvo a cruzar la plaza, doblo y camino unas cuadras. Calles amplias. Árboles sin hojas. Unos perros rosados, con manchas de sarna. Desde lejos reconozco el edificio de paredes amarillas, con ventanas grandes y persianas bajas. Aunque la pintura está descascarada, la construcción habla de una época de esplendor, cuando la obra pública era el orgullo del pueblo. Entro a un patio central cubierto, con el piso en damero blanco y negro. Un panel con los nombres de las autoridades. A un costado, una placa: Dirección. La enfermera con el dedo cruzado sobre la boca. Un kiosco con golosinas y gaseosas. Un vendedor de chipá. Me acerco a una ventanilla. Una mujer se asoma.

—¿El doctor Rivero?

—En la guardia, al fondo.

Los médicos fueron importantes en mi familia. Papá me contó la historia del doctor Yarcho. Se recibió en Rusia y fue el primer contratado para trabajar en las colonias. Recorría la provincia con un sulky, guiado por un criollo. Era un santo, dijo, ni bien aparecía la gente se curaba. Murió muy joven, a causa de una bronquitis que le contagió un paciente. El día del entierro la gente se agolpó en las calles, las escuelas y los comercios cerraron sus puertas. Y el doctor Berg. Lo sigo viendo hoy. Labios gruesos. Barba rala. Tenía los dientes amarillos y una verruga en el labio inferior que se tocaba ni bien empezaba a hablar. Todos los días, a última hora, se daba una vuelta para ver a mamá. Entraba por la puerta trasera y miraba hacia la mesada, buscando algo para comer. A veces papá lo esperaba con un té caliente. Los dos jugaban al dominó mientras discutían sobre el primer entierro que se hizo en el pueblo. Uno decía que fue un piamontés que se ahogó en el arroyo. El otro un alemán que se cayó del molino. Después venía la rutina de auscultar a mamá y era Ema quien me tironeaba de la mano, me empujaba a espiarlos desde el marco de la puerta para mirar cómo Berg le bajaba el bretel del camisón.

Sigo hasta llegar a la guardia. Dos mujeres sentadas en el banco de madera. Una tiene sobre sus rodillas a una nena pelada, con barbijo. La puerta vaivén se abre. Un médico despide a un hombre con dificultades para caminar. Va a andar bien, le dice mientras le palmea la espalda. Me fijo en la inscripción de la chaqueta: Diego Rivero. No creí que fuera tan joven, pienso, no debe tener más de treinta y cinco, a lo mejor cuarenta. Alto, flaco, pelo negro, viste una chaqueta y un jean celeste, zapatillas y tiene un reloj digital en la muñeca. Siento un cosquilleo en la panza. Desde el *touch and go* con Fabián no volví a encamarme con nadie.

De pronto, sin venir a cuento, me acuerdo de una noche. A mi hija le tocaba estar con el padre y yo le sugerí a Fabián que nos quedáramos en casa viendo *La novia siria* de Riklis. En la frontera de Israel, la protagonista debe cruzar rumbo a Siria, donde se casará con un hombre que nunca ha visto. Queda en tierra de nadie cuando los militares de un lado se niegan a aceptar los sellos aduaneros de un país vecino. Al terminar la película pedimos una pizza y estábamos sirviendo el vino cuando llegó Vera. Entró como una tromba, con el ceño fruncido. Dijo que se había peleado con el padre y decidió volver a casa. Se metió en su pieza dando un portazo.

Me pregunto por qué me estoy acordando de eso justo ahora cuando escucho la voz de una enfermera:

—¿Viste lo fuerte que está el de la doce?

—¿A quién le toca? —dice otra.

—A Teresita.

—Tiene un orto, esa.

Golpeo la puerta.

—¿Doctor Rivero?

Cierra los ojos por un momento. Los abre.

—¿Sí?

Qué bien que está, pienso.

—Soy Marcia Meyer.

—¿Te anunciaste?

—Soy periodista —insisto—. Quería hacerte unas preguntas.

Mira hacia el pasillo.

—Ahora no puedo. Más tarde...

—Espero, no hay problema.

Hace una seña a las mujeres. La mayor deja a la nena sentada en el banco y entran a la sala. La peladita me muestra una muñeca negra.

—¿Es tu hija? —le pregunto.

Los ojos brillan encima del barbijo.

—¿Te gusta?

—Sí.

—Está enferma.

—¿Qué le pasa?

—Vomita.

Me pone la muñeca encima de las piernas.

—¿Querés tenerla?

—Claro.

Limpio la casa de la bobe. Barro el piso con una escoba que encuentro en el lavadero. Cuando la meto debajo de la cama saco unos diarios. Están casi pegados al zócalo así que hago presión y los arrastro hasta el borde. Después acerco una silla al ropero, me subo. En la parte más alta encuentro cajas con papeles. Veo una bolsa en el fondo del estante. La arrastro con la mano y no necesito abrirla para reconocer el mechón que se escapa de la cofia. Es la liálke alemana, la Armand Marseille de Thuringia. Es mía, dice Ema. La bobe nos mata si se entera, digo yo. Pero igual la saco, la pongo encima de la cama, apoyo la cabeza en la almohada. El vestido de la muñeca es ocre y lo único blanco es el lazo anudado al cuello de porcelana. Al rato las dos mujeres salen con los ojos llorosos. Una estruja un pañuelo con la mano. La nena se incorpora, agarra la muñeca y las sigue. Diego me hace una seña desde la puerta vaivén. Seguimos por el pasillo hasta la sala de traumatología. Entramos. Dos camillas, una vitrina, restos de yeso esparcidos por el piso.

Me indica una silla.

—¿Tuviste que esperar mucho?

Me gusta que me tutee.

—No hay problema —insisto.

—¿La nena?

—Tiene leucemia.

Su celular suena. Lo apaga y garabatea algo en un papel.

—Leí que en los últimos años aumentaron las enfermedades.

—Anencefalia, diabetes, hipertiroidismo, Lou Gehrig, Parkinson, abortos espontáneos... Tenemos una estadística. Si querés te la paso por mail.

Hace una pausa.

—¿Sigo?

—Suficiente. ¿La fumigación con Noxa tiene que ver con ese aumento?

—Creo que sí. El problema es probarlo. Los efectos no se ven de un día para el otro, se acumulan en el cuerpo. Solo se pueden analizar si hay un seguimiento a largo plazo. Dicen que es confiable. ¿Qué significa eso si quienes lo aseguran son las empresas que los fabrican? Si el envenenamiento aparece dentro de veinte años la otra generación es la que se hará cargo. Como el cigarrillo. Es malo, adictivo y tenés la sentencia asegurada. Encima, no todo el mundo se muere. Y mientras tanto lo comprás, y eso el fabricante lo sabe.

Se queda un momento en silencio.

—Llamala a Sara Godoy —agrega.

Anoto el nombre en mi bloc. Estoy a punto de mencionar a Ema cuando el celular vuelve a sonar. Lo agarra. Cuando termina sigue con el aparato pegado a la oreja.

—Vas a tener quilombo si seguís averiguando.

—Sé cuidarme.

—Escuchame, acá hay pesados dando vueltas. Yo lo tendría en cuenta.

Miro mi reloj.

—No te entretengo más.

Nos despedimos con un beso. Camino por el pasillo. Mis pasos suenan en el piso de mosaicos. Una enfermera con una bandeja en la mano. Un hombre sentado en una silla de ruedas, tapado con una frazada, controla el goteo de un suero. Compro un chipá y lo voy comiendo mientras salgo a la calle. Afuera, el pueblo sigue dormido. La sombra flaca de los árboles. El motor de un auto. Una bicicleta. Hace unos días estaba en Buenos Aires tomando un helado con mi hija, pienso. Pero Diego me calienta. No pierdo nada si intento levantármelo.

3

Descubro una roncha en el brazo. Saco un Dexalergin de la cartera, lo trago con un sorbo de agua. El bar del hotel tiene mesas de madera, sillas tapizadas con cuerina y un mostrador donde agonizan unas medialunas debajo de una campana de vidrio. Una biblioteca con lomos oscuros. Resisto la tentación de echar una mirada, prendo la computadora y me concentro en el mail donde Diego enumera las enfermedades que estarían vinculadas con el uso del Noxa. Tomo unas notas en el bloc. La imagen de la nena pelada martilla mi cabeza. Miro alrededor. Otra vez estoy dispersa, estiro el cuello pero no alcanzo a leer nada. Pido un café con leche. Al rato la dueña aparece haciendo equilibrio con la bandeja. La taza me entibia las manos. Mientras lo saboreo recuerdo mis temores durante el embarazo, el miedo a que el bebé saliera mogólico o deforme: al nacer Vera no quería saber si era varón o nena, lo único que esperaba escuchar era si estaba sano. Cuando me la pusieron sobre la panza suspiré de alivio.

Voy a la habitación, dejo la computadora encima de la cama. Me miro en el espejo. Tendría que teñirme, pienso. Concentrate, me obligo. No sé por dónde empezar. Mi olfato sugiere una visita a la cerealera. El dueño es Fernando Valverde, propietario de varios campos, un chalet con pileta en pleno centro y, según lo que escuché, un macho cabrío que se coge a medio pueblo. Miembro de la Sociedad Rural, preside la Asociación de Propietarios de Siembra Directa. Se dice que tocó concejales cuando se reglamentó la ordenanza que regula la zona de exclusión y se lo ve con frecuencia en los pasillos del municipio.

Pido un taxi. Me quedo en la puerta del hotel mirando el neón de una hamburguesería. Detrás del vidrio unos chicos juegan con celulares. Una mujer da la mamadera a su bebé.

¿Cómo se prueban los efectos del Noxa? El mail subrayaba que las consecuencias no se pueden ver en forma directa, tardan un tiempo en manifestarse. La bocina me sobresalta. Es el mismo chofer que me llevó y me trajo del corte, el mismo silencio adentro del auto. Salimos a la ruta. Aparecen los campos sembrados, las quintas tapadas con nylon, los criaderos de pollos con las jaulas vacías. Los silos se recortan contra el cielo rosado.

A medida que nos acercamos, me doy cuenta de que me olvidé de llamar a Vera. ¿Cómo se me pasó por alto? La relación con mi hija siempre fue complicada, Vera es una experta en pasarme facturas por mi ausencia. Siempre espero una señal que no llega, un gesto cariñoso de su parte. Espío la pantalla deseando que el celular suene. Pienso en mandarle un mensaje de texto, un ¿cómo estás?, pero eso la habilita a una respuesta tan liviana como mi pregunta. Ahora el taxi estaciona detrás de un camión cubierto con una lona verde. Bajo, saco fotos. La cerealera es un edificio chato, pintado de gris, sin un cartel que lo identifique. Veo unas tolvas para transportar granos y al fondo, detrás de unos árboles, un cono de metal que apunta hacia el cielo. Avanzo hasta una barrera negra y amarilla. Un hombre alto, vestido con una campera deportiva discute a los gritos frente a la garita.

—No podés pasar —dice el guardia.

El alto señala el camión.

—Hace un día que espero la descarga.

—¿Y?

—Voy a entrar.

—Intentalo.

—Tengo órdenes.

—Yo también.

—Probá.

El alto empuja la barrera. El guardia intenta detenerlo pero aterriza delante de una tolva.

El alto estira el brazo.

—Adelante —me invita.

Llegamos juntos a la mesa de entradas. Una chica está inclinada sobre un mostrador con los brazos cruzados, mirándose las uñas de acrílico. El escote en V muestra las tetas recién hechas. Atrás, fotos de cosechadoras entre vidrios fijados con grampas. Se oye el zumbido del aire acondicionado.

—¿A quién buscan?

—Al encargado.

—No está.

—No te creo —dice el alto.

La chica levanta los hombros y gira la cabeza.

—Se fue —insiste. Mira el teléfono.

El alto le agarra la muñeca mientras levanta la tapa del mostrador con la otra mano. Enfila hacia un pasillo.

—Más vale que aparezca —escucho.

La chica se masajea la muñeca.

—¿Estás bien?

—Es una bestia —dice. Abre y cierra los dedos.

Le doy una tarjeta. La mira sin interés.

—Soy amiga de Ema —le digo.

Se toca la uña rota.

—¿La dueña del vivero?

—Sí.

—A veces viene por acá.

Se inclina, baja la voz.

—Mire, no es por hablar, pero tiene fama de quilombera... —se acaricia la uña rota.

A todas les gusta hablar, pienso. Y también en lo que me dijo Rosario.

—¿Ellos salían?

—¿Fernando y ella? Si lo hacían, era a escondidas. Él está casado, aunque si yo tuviera una pesada como la señora Elsa miraría para otro lado. Yo siempre digo: ojos que no ven... Fernando es demasiado para la señora Elsa. Un hombre como él necesita alguien lindo, si no... me parece que le estoy contando demasiado...

La chica mira la tarjeta.

—El médico me preguntó por usted cuando fui a pedirle un certificado...

La revelación me toma desprevenida.

—¿El doctor Rivero?

—Sí.

—¿En serio?

La chica consulta el reloj.

—¿Quiere pasar?

Levanto la tapa del mostrador. Avanzo por un corredor luminoso, guiada por unos tubos fluorescentes. Sobre la pared hay más fotos de cosechadoras, la acuarela de un payaso, el anuncio de un remate. Un empleado dormita detrás de un escritorio. Otro levanta los ojos de un diario, bosteza. Me informa que la oficina de Valverde está al fondo. Llego hasta el final del pasillo. Entro. Un hombre escribe con dos dedos sobre un teclado. Le entrego otra tarjeta. La lee, se fija en el reverso, vuelve al frente, la aprisiona con un pisapapeles.

Levanta la mirada.

—¿Qué puedo hacer por usted?

—Busco a Fernando Valverde.

Aleja la silla, cruza las piernas.

—Tal vez yo pueda ayudarla.

Estoy a punto de contestar cuando oigo una explosión. Los vidrios estallan. Confusión. Gritos. Cuando el polvo se despeja veo un agujero donde estaba la ventana.

Escucho toser.

El impacto arrojó al hombre contra una pared y está hecho un ovillo en el piso.

—¿Qué pasó?

Lo ayudo a incorporarse. Miramos a través del agujero. Las llamas se alzan por encima de los árboles. Unas nubes oscuras estallan en el cielo. El rojo se mezcla con el amarillo y el negro. De a poco puedo ver con más claridad lo que me rodea, aunque los tubos fluorescentes están destrozados y el polvo dificulta la visión. Algo chirria, como si un motor intentara ponerse en marcha. El pasillo está repleto de empleados que se empujan entre sí. Un mocasín solitario. Cajones destripados. Unas biromes ruedan por el piso. Vago aturdida de un extremo a otro. Al rato escucho la sirena de los bomberos. Mientras descargan las mangueras miramos el fuego protegiéndonos con las manos del aire abrasador. Una lluvia caliente nos empapa. Un hombre con el pelo fuera de la visera dice:

—Parece que incendió la cinta.

Agrega:

—Era de goma.

Escucho otra voz:

—Por suerte el viento no sopla para acá, si no estaríamos como salchichas en la parrilla.

El cono empieza a ladearse, se derrumba como un helado bajo el sol. Alguien bromea: ¿tenés un pucho? Otros se palpan el cuerpo y mueven los brazos al sentir el calor de las mallas de los relojes. La tierra tiembla, vibra debajo del piso. Son los túneles, dice el hombre de la visera. Las fotos de las cosechadoras desprendidas de las paredes. Más cajones abiertos. Sillas volcadas. Vidrios rotos. Dos bomberos pasan sosteniendo una manguera pero en ese instante se vuelven a escuchar otras explosiones y todo desaparece entre el fuego y el humo.

El hombre se quita la visera, se pasa la mano por la cabeza, las chispas saltan por el pelo. Ahora el cono se balancea. Se oyen martillazos, gritos, golpes secos. Los trabajos de salvamento continúan un rato largo. Salimos sacudiéndonos las ropas. Pasamos la garita y nos quedamos esperando en la banquina, al lado de la ruta. La chica de la mesa de entradas tiene la remera empapada con sangre. Sirenas. Camillas que se cruzan. La luz de una ambulancia lanza destellos intermitentes. No solo puedo oír el crepitar de las llamas sino sentir su calor. El cono boquea en busca de aire. La base termina por ceder. El derrumbe es grandioso. El olor a humo se mezcla con otro más indefinible, a carne asada. La gente repite que todo comenzó cuando ardió la noria; que había hombres trabajando. Un nuevo estallido anima el fuego. El gemido de la multitud se mezcla con el motor de un auto. Una mujer baja. Mi marido está adentro, dice. El alto tiene la manga de la campera desgarrada, abajo asoma el brazo quemado. Con el otro intenta tapar la rajadura de la lona verde pero el cereal se escurre formando una isla amarilla sobre el pasto. Me toco el cuello. Sangre debajo de la oreja. Busco el celular. Quiero irme, lo más lejos posible.

4

Me despierto temprano, tratando de reconstruir lo que pasó. Sigo aturdida, sin poder reaccionar. Los pulmones cargados de humo. Tres ronchas nuevas en el brazo. Busco la última pastilla, la trago y vuelvo a cerrar los ojos. Una llamada de Juan, no atiendo. Al rato me visto, desayuno y salgo a la calle. La entrada del hospital es un caos. Una ambulancia en el estacionamiento. Dos móviles policiales. El dueño del puesto de chipá no da abasto con las ventas. Las enfermeras se desplazan rápido por el patio arrastrando los carritos de comida. Una sostiene un pie de suero. Todavía no hay información sobre el número de heridos, lo único que se confirmó es el nombre de un muerto. Me quedo un rato más mirando las paredes amarillas, las persianas bajas, el movimiento de los autos con la esperanza de ver a Diego. No seas pendeja, pienso. Camino hasta encontrar una farmacia. Entro. Compro una caja de Dexalergin y pregunto por una perfumería. En la otra cuadra, dice la empleada. Paso por un kiosco, una fábrica de pastas. Sigo hasta ubicar el cartel. Estanterías con *shampoo* y cremas de enjuague. Exhibidores con pasta dentífrica y cepillos de dientes. Dos mostradores vacíos enfrentados sobre una alfombra de goma. En uno, una mujer lee la revista *Gente*. Usa un uniforme con ribetes azules, tiene en el pelo un alisado casero y la cara con arrugas.

Cierra la *Gente*.

–¿Qué necesita? –la voz suena aflautada.

–Tintura.

–¿Alguna marca en especial?

–Una buena.

–¿Color?

–Siete tres.

La mujer saca una caja del estante.

—Le va a dejar el pelo divino.

La miro con desconfianza

—Soy alérgica.

—Llévela, no tiene amoníaco.

Mientras guarda el dinero miro hacia fuera, en dirección al hospital.

—La explosión —digo.

—Una verdadera tragedia.

Empuja el cajón

—Hay un muerto —digo.

—José Filkenberg.

—¿Lo conocía?

—Sí. Lo enterraron ayer.

—¿Tan pronto?

—¿Por?

—La autopsia tarda unos días.

—Se nos venía el sábado encima —dice.

—¿Y?

—No hay entierros.

La mujer me mira.

—Usted no es de por acá, ¿cierto?

Se le acumula saliva en la comisura de la boca.

—¿Por?

—Tendría que saberlo.

—¿Usted sí?

Mira la portada de la *Gente*. Una rubia en pelotas. Las dietas del verano. Las últimas tendencias en Punta.

—Mis padres eran alemanes, arranca. Cuando el nazismo avanzó mi abuelo decidió emigrar. Su mujer no quería dejar Berlín, el gobierno le había dado la Cruz de Hierro por su participación como enfermera en la Primera Guerra y estaba convencida de que no la iban a echar. Mi abuelo tenía otra hija del primer matrimonio pero la tuvieron que dejar porque sufría del corazón y no le dieron el certificado.

Mete la tintura en una bolsa. Adelante está el nombre de la perfumería, *Daysy*.

—Yo me llamo así —aclara—. Y mi perrita.

La busco con la mirada.

—¿Dónde...?

—Tomó agua del arroyo.

Guardo la tintura en el bolso.

—¿Sabe cómo está la chica de la mesa de entradas?

La mujer se estira las puntas del pelo.

—Le estalló una silicona.

Tiene los ojos abiertos como monedas de dos pesos. Estira la mano y acerca la *Gente*. La rubia sonríe en la portada.

—¿Esa explosión fue un accidente?

La voz baja más todavía.

—¿Policía?

—No.

Me estudia, cierra los ojos. Los abre despacio.

—Tenga cuidado con esa lastimadura.

Me señala el cuello.

—Le recomendaría una ampolla.

Le pido que me sugiera una.

La mujer gira, inspecciona el estante y separa un envase amarillo.

—Hay que usarla después de la tintura —dice—. Se la deja unos minutos y después se enjuaga con agua fría.

La guardo en la bolsa.

La mujer se vuelve a inclinar sobre el mostrador.

—Tendría que hablar con la viuda.

Me anota la dirección en un papel y abre la *Gente*. Queda en la misma posición en la que estaba cuando entré.

Salgo a la calle.

Parece fácil. Demasiado. Mejor voy al cementerio.

5

El cementerio está cerca del pueblo, del otro lado de la ruta. Una reja oscura lo separa de la calle de tierra. Unos hombres conversan en la entrada, como si se encontraran en el supermercado. Me presento al encargado, un gaucho con botas y chambergo que me hace de Virgilio a través de un camino de lápidas gastadas. Conoce de memoria la ubicación de las tumbas. Habla de los muertos con familiaridad, como si estuvieran vivos. Tengo a este, dice y me muestra una piedra con la hora grabada. A este otro y señala la tumba de un panadero. Llegó la orden de que no los puedo enterrar juntos, se lamenta refiriéndose a un matrimonio. Más adelante me indica una parcela con un pozo recién cavado. Aclara: estoy esperando a una señora, ya tiene dos *by pass*. Nos detenemos en un montículo con tierra removida y cintas violetas.

-José Filkenberg.

Miro las flores marchitas. Alguien con influencias apuró este entierro, pienso.

Unas torcazas buscan gusanos con los picos.

El gaucho me señala el costado del camino.

-Es la señora del presidente de la *kehilá*, dice.

Un cortejo se detiene detrás de la reja. Los deudos vacilan un momento, se unen a los que están esperando y trasponen la puerta. Sigo vagando sin rumbo fijo buscando apellidos, un lugar en el mapa. Una mujer alta, con la cabeza cubierta con un pañuelo, se balancea frente a una tumba. Sus movimientos me resultan familiares. Cuando me acerco, se esfuma entre las lápidas. Avanzo un poco más. La foto de la mamá de Ema está en el marco metálico, ovalado. Me quedo inmóvil, atrapada de pies y manos. Nadie conoció tanto a Ema como yo. La veo jugando a la mancha venenosa, cuando se aburría de correr se acercaba para pellizcarme o tirarme el pelo. Ella se daba cuenta de que ejercía cierto poder sobre mí y al mismo tiempo me despreciaba por ser tan dócil. Pero sus chinches pasaban rápido y al rato volvíamos a ser las amigas de siempre. Años después, cuando nos encontramos en Buenos Aires me bautizó *Molly Bloom* por mi manía de andar con el *Ulises* para todos lados. Yo estaba de novia con Pablo y ya no pude ser tolerante con su humor ni aceptarlo con buen tono. Estaba celosa. Ema me llevaba una cabeza y sus piernas enloquecían a más de uno.

Le pregunto al gaucho si vio a una mujer parada frente a la tumba. Me esquiva la mirada, señala al cortejo que se desplaza hacia al fondo del cementerio. Una voz cuenta: "Era un pueblo tan pobre que solo tenía una vaca. Sus habitantes hacen una colecta para comprar un toro. Los ponen juntos. Pasa un día y nada. Al segundo, el toro se acerca a la vaca pero esta lo esquiva. Al tercero sale al trote. Así durante semanas. La gente está desesperada. El toro se llevó todos sus ahorros. Deciden consultar al rabino. Le exponen el problema: la vaca no quiere ser servida. El rabino medita unos segundos. ¿La vaca es de Bialik?, pregunta. ¿Y cómo lo sabe? Porque de ahí es mi señora". Risas ahogadas. Chistidos. Los deudos siguen detrás del cajón, escoltados por el gaucho. Atravieso la reja de entrada. El sol aprieta cada vez con más fuerza. Cruzo a hombres con pantalones amplios y cabezas cubiertas; todo viene a mi encuentro, como si algo importante estuviera ocurriendo y yo no lo hubiera advertido. El entierro de José Filkenberg, por ejemplo. Otro hombre con los ojos rojos soporta el traqueteo de la caja de un camión. El camino amarillo horada la extensión verde. Unas langostas barrenan el suelo.

Cuando llego al hotel, me doy un baño y prendo la computadora. Busco el nombre de Diego en Google. Tal vez tenga *face*, pienso. Lo primero que me salta es: "en una relación sentimental".

Laburá, me ordeno.

Escribo: "Según un laboratorio de la ciudad, se empezaron a recibir casos de malformaciones derivados de un hospital. Se presentaban en brazos, piernas y en el aparato reproductor. Algunas mujeres tenían los labios genitales adheridos. Los estudios no indicaron alteraciones en los cromosomas.

Entonces se empezó a interrogar a las madres para ver a qué habían estado expuestas durante la gestación. Y todas venían de zonas con soja".

Suena el celular.

—¿Cómo estás?

La voz de Juan se mezcla con los ruidos de la redacción.

—Bien.

Hago una pausa.

—Acá hay algo más que una explosión, digo. Esto es una de Stephen King. Chicos deformes, abortos...

Juan me interrumpe:

—Quedate el tiempo que necesites.

Una investigación necesita paciencia, tiempo y fuentes confiables: es imposible competir con las noticias que llegan al instante a través de las redes. Y eso lo sabía Juan. Una de las virtudes que siempre valoré de mi jefe es que me dé tiempo para preparar las notas, trabajar los detalles. Sigo: "Las mujeres coincidieron en su relato. Un campo que alcanza los límites del pueblo y que en ese avance fue cambiando: si antes producía frutas o verduras ahora estaba lleno de soja. Al principio nadie notaba nada malo, los chicos salían a saludar a los aviones, las madres se divertían mostrándole a los hijos el funcionamiento de las máquinas mosquito, les enseñaban a mezclar el herbicida con el agua"... Me miro el pelo en el espejo. No quedó tan mal, pienso. La noche anterior me calcé los guantes, leí las instrucciones y me apliqué la tintura en las raíces. Esperé un rato viendo en el canal rural el funcionamiento de una cosechadora. El locutor decía que hay que regular la máquina para evitar la pérdida del grano.

Releo el mail de Diego.

El celular vuelve a sonar.

—¿Mami?

—Mi amor.

—¿Cómo estás?

—Bien.

Hay un momento de silencio.

—Necesito plata —pide Vera.

—Tenés la tarjeta.

—No hay en la cuenta.

—¿Por qué no hablás con papá?

—Ya me dio la mensualidad.

La crianza de Vera me absorbió tanto que no advertí que mi matrimonio iba barranca abajo. Cuando nació paré de trabajar pero no aguanté y volví a los dos meses. Mi hija lloraba todo el tiempo. Sentía que estaba haciendo algo agotador, sin ningún tipo de retribución más que mirarla dormir, cosa que lograba de madrugada: prefería mil veces estar en la redacción que hamacar la cuna. Te enrollás demasiado, me decía Pablo. Dejámela a mí, yo sé manejarla. Y era cierto, ni bien él la tomaba en brazos la nena se callaba. Recuerdo una noche de diciembre, con un cierre encima. Vera era chiquita y estábamos solas. Transpirando, en remera y bermudas, intentaba avanzar con una nota. Y cada vez que empezaba, Vera me interrumpía, la tenía que alzar, darle la mamadera. Se tranquilizaba un rato y después seguía llorando, y ese llanto me nublaba cada frase, perdía el sentido de lo que quería contar. Quebré la punta del lápiz, fui y vine del balcón. Llamé a Pablo.

—Más tarde te deposito.

Como esa noche, no puedo concentrarme. Vera me acobardó con su llanto, por más que Pablo insistió no quise tener más chicos. Miro a través de la ventana. Una moto estaciona en el cordón de la vereda. Una mujer con un changuito. Cielo azul. Nubes blancas. Panaderos que flotan en el aire. Todo es encantador en este pueblo, salvo los chicos deformes y el apuro por enterrar a José Filkenberg. Apago la computadora. Miro el color del pelo en el espejo. Al costado, entre papeles con anotaciones, encuentro la dirección que me dio Daysy.

Salgo. Camino buscando la sombra de las paredes hasta ubicar la casa de la viuda. Un jardín con dos enanitos de yeso. Una hamaca de madera. Una quinta con tomates y lechuga. Toco un timbre despintado. Un *tender* con ropa rígida al sol. Espero un rato, vuelvo a tocar. Nadie atiende. Una gallina picotea la tierra. Escucho un sonido lejano, como una radio encendida. Empujo la puerta. Cede con un chirrido.

La voz viene del fondo del pasillo.

—¿Clarita?

—No me conoce, digo. Necesito hablar con usted.

Hago una pausa.

–Estuve en el cementerio.

La voz de la mujer suena como un gemido.

–¿Qué quiere?

–Hablar de su marido.

–Vuelva al cementerio.

Avanzo unos pasos. Los muebles son viejos, gastados. Lámparas de pie con pantallas de pergamino. Sábanas sobre los espejos. Un aparador. Un candelabro. Arriba, un televisor plano, recién comprado. Parece sin instalar, el embalaje está a un costado, en el piso. Sobre una repisa hay varios portarretratos, ordenados de mayor a menor

Se produce un silencio, sin ningún movimiento del lado del pasillo.

–Sé que no es el momento –digo.

Afuera, el vuelo rasante del avión.

–¿Su marido trabajaba en la cerealera?

–¿Por qué no se va? –dice la voz.

–Soy periodista y estoy investigando.

La voz emite una risa ahogada.

–Anda investigando –dice–. José también andaba investigando, siempre metiéndose donde no debía. Aunque ya estaba para jubilarse, ni bien salía del trabajo se iba a juntar con los de la asamblea. Yo le decía para qué perdía el tiempo ahí metido en vez de ir a jugar con el nieto, pero no me hacía caso.

–Puede ayudarme, pido.

Avanzo un poco más.

–Su marido no es la única víctima.

Escucho unos pies tocar el piso. El ruido de unas ojotas sobre la madera.

–¿Tiene idea de por qué lo enterraron de apuro?

–Váyase.

–La autopsia –insisto.

–Salga.

–Paro en el hotel –digo.

El avión vuelve a pasar encima de la casa. Estoy a punto de salir cuando uno de los portarretratos me llama la atención. La imagen muestra un cumpleaños infantil. Atrás, banderines de colores mezclados con guirnaldas y globos. Adelante, una torta decorada con un auto rojo. Y aunque está disfrazada de payaso mientras sostiene al agasajado a punto de soplar las velitas, la sonrisa de Ema es inconfundible.

6

Vuelvo caminando al hotel. Entro al bar, me acerco a la biblioteca y recorro los lomos con el índice. Encuentro un Borges. Recuerdo una imagen donde el escritor intenta descifrar un libro que sostiene pegado a la cara, con la mirada en la página abierta. Está perdiendo la vista y sin embargo quiere continuar: no siempre el que tiene mejor vista es el que lee mejor. No entiendo el motivo del entierro apresurado de José Filkenberg. La autopsia es obligatoria en caso de muerte súbita, violenta o sospechosa: empieza por el cerebro, continúa por el cuello, el tórax y termina en el abdomen. Ni tampoco por qué desapareció mi amiga. Dejo el libro y me siento al lado de la ventana, mirando hacia la calle, con los codos sobre un mantel a cuadros. Un gorrión picotea unas migas. Escucho toser. Aire impuro, fétido, contaminado. Cuando la dueña se acerca, veo que está en pleno ataque. La mujer me hace un gesto con la mano mientras la cara se le pone cada vez más roja.

Cuando se calma, dice:

—Disculpe, ¿quiere tomar algo?

Sonrío.

—Un cortado.

—¿Es la primera vez que anda por acá?

—Sí.

Se dirige atrás del mostrador. Al rato vuelve con la taza sobre la bandeja. Las manos vacilan mientras las apoya sobre el mantel.

Tomo un sorbo.

—Hace mucho, cuando era chica...

—Antes esto era otra cosa... —Otro acceso la interrumpe, saca una carilina y se cubre la boca. Se repone.

—El hotel estaba lleno, todas las semanas llegaban combis de Buenos Aires.

—¿Y ahora?

—Los de la asamblea jodieron todo.

—¿Por?

—Ganas de jorobar, nomás, de buscarle la quinta pata al gato. Acá vivimos del comercio. Yo compré colchones nuevos, puse un minibar en cada pieza, cambié los televisores. El rabi me aseguró que todas las semanas tendríamos las plazas llenas, él se encargaba de los contactos con la agencia. Cuando empezaron los cortes los turistas se espantaron, a quién le gusta quedarse en medio de la ruta. Hace rato que no viene un contingente, esto es un desierto.

Recuerdo el relato de una amiga, hace unos años, cuando recién se separó. Se inscribió en un tour planeado para Semana Santa. Calor. Insectos. Todos éramos judíos que habíamos pasado los cuarenta, me contó a la vuelta, y a falta de un programa mejor nos anotamos en un viaje a la semilla cargados de *off* y bloqueantes para el sol. Algunos buscaban las tumbas de sus abuelos, de parientes lejanos. El sol nos partía las cabezas. Pasamos plantaciones de palmeras, chacras con naranjas y mandarinas, campos con sorgo, con girasol. Los pájaros picoteaban el camino de tierra. El campo parecía un paraíso.

No es lo único que cambió, pienso.

Dejo la taza encima de la mesa.

—¿El rabi?

—El rabino, que está a cargo del templo.

El celular suena.

—Disculpe —le digo a la mujer.

—¿Cómo estás?

La voz de Pablo parece venir de abajo del agua.

—Vera.

—Ya sé, te pidió plata.

—No es eso.

—Contame.

—Tiene novio.

Pese a que mi hija ya llevó varios chicos a casa, la noticia me sobresalta.

–¿Y quién es?

–No sé.

–¿Cómo no sabés?

Pablo hace una pausa.

–Vera me pidió el teléfono de tu ginecólogo.

El gorrión levanta vuelo, planea en el aire y vuelve a posarse en el marco.

–Decile a esa pendeja...

–Calmate, querés.

Desde que Pablo está en terapia tiene un tonito zumbón que no soporto. Cohen le saca lo peor que tiene adentro. Porque, tengo que reconocerlo, mi ex siempre fue un tipo solidario. Cuando yo venía de la redacción, a medianoche me aguardaba con la nena bañada y con la comida hecha.

–¿No puede esperar que la acompañe?

–Parece que no.

–Después la llamo.

El gorrión voló de la ventana.

Dejo el celular encima de la mesa. Que Pablo no se ocupe de nuestra hija cuando estoy a cientos de kilómetros de Buenos Aires me saca. Si Ema estuviera tendría con quién hablar, nos reiríamos juntas de su incapacidad para hacerse cargo. ¿Por qué la extraño tanto? Al pensar en ella aparecen luces, sonidos, tardes corriendo por el campo. Me siento como si hubiera vuelto a mi infancia y esa sensación me toma por sorpresa, como un regalo inesperado.

Entra un mail de Juan. Pide un avance de la nota y solo tengo ideas sueltas, retazos, anotaciones en el fondo del bolso. Qué hijo de puta, pienso, al principio es un encanto y después viene el apriete. Descubro ronchas nuevas en la mano.

A través del vidrio, veo pasar a Diego manejando un *Fiat*. El brazo se apoya laxo sobre la ventanilla.

La voz de la mujer me sobresalta.

–Ahí va nuestro Che Guevara.

Por qué no se mete en sus cosas, es como si me leyera el pensamiento *quiero coger con Diego* así de corrido, tengo un cartel luminoso en la frente, Molly Bloom de las pampas... *qué ocurrencia hacernos así con ese gran agujero en medio de nosotras como un garañón metiéndotelo dentro porque eso es lo único que quieren de una con esa mirada decidida y maligna en los ojos sin embargo no tiene una cantidad tan tremenda de esperma...* Me quedo mirándola sin saber qué decir. Estoy a punto mandarla al carajo pero me contengo, sonrío y prendo la computadora. Busco el archivo: "El acopio de cereal está dentro del área urbana. Debido a que en la mayor parte del año predomina el viento norte, el polvillo convive con la gente. No se respetan los límites, se fumiga en campos lindantes. El Noxa contamina el aire, los techos de las casas.". Miro a través de la vidriera. Una camioneta cuatro por cuatro. Una ambulancia. La moto de un *delivery... él estaba muy caliente a pesar de su voz también mis notas bajas lo volvían loco...* Dos chicas entran al bar, dan una vuelta y salen sonriendo. Un hombre viejo lee el diario en la última mesa, contra la puerta vaivén que da a la cocina. Debió entrar mientras escribía, pienso... *me moría por averiguar si estaba circuncidado, él temblaba por todo el cuerpo ellos lo quieren hacer todo demasiado de prisa, le quita todo el gusto...* Cierro la computadora, camino por el pasillo. Cuando entro a mi habitación piso algo blando. Levanto la alfombra. Debajo está el gorrión muerto.

7

En la entrada de la sinagoga hay una puerta de roble. Ni bien la abro, veo un *Maguen David* adornado con venecitas celestes y enfrente un vitraux gigante amarillo, rojo y turquesa. Las paredes están pintadas con colores claros y el techo, a dos aguas, de rojo brillante. La luz que pasa a través de los vidrios de colores derrama claroscuros por el piso y vuelve a subir hasta fundirse con el rojo del techo. Bancos ordenados uno detrás de otro, como en una escuela. Reconozco el *aron acodesh*, con las cuatro *torot*. Según me contó Osías, tres de ellas vinieron de Rusia y están revestidas de terciopelo bordó. Mi relación con el encargado avanza, es el único amigo que tengo en el pueblo. Y aunque solo me habla de papeles que amarillean en los estantes, de listas de pasajeros que llegaron en el Weser, del afiche de Jevel Katz o de los libros en *idish* que a nadie le interesan, todas las mañanas me doy una vuelta por el museo y siempre me espera con el mate listo.

El rabino tiene camisa blanca y la piel quemada por el sol. Transición abrupta entre su calva y las arrugas de la frente. Extiende la mano oscura y se la aprieto. Me señala el camino a su oficina. Lo sigo como a Moisés a través del Mar Rojo.

—¿Qué te trae por acá? —dice.

Se sienta detrás del escritorio. Miro las colillas del cenicero, mezcladas con fósforos quemados.

—Estoy haciendo una nota sobre el Noxa.

—Algo me contaron.

El rabino se vuelve sobre un afiche colgado sobre su calva y lo señala con el índice. *El judío Aarón*, de Samuel Eichelbaum.

—Acá se estrenó por primera vez —dice.

Me mira.

—¿Sabés por qué sobrevivimos los judíos?

Sonrío.

—Dios no nos eligió para que andemos fisgoneando por ahí sino para que suframos. Somos su pararrayos preferido, sus chivos expiatorios.

De la cocina llega un olor a *guefilte fish*.

—¿Te quedás para el *kabalat shabat*?

La propuesta me tienta, desde la época de la *Hashomer* que no asisto a ninguno.

—Gracias, pero estoy ocupada.

Por qué no acepté, pienso.

Nos quedamos un momento en silencio.

El rabino saca un libro del cajón.

—Así que el Noxa —dice—. ¿Conocés a Enrique Dickman?

Afirmo con un movimiento de cabeza.

Agarra un libro, lo abre. Lee: "Trabajé en la cosecha de papas cerca de Miramar. Gané unos pesos y fuimos al pueblo. Comimos en la fonda, nos sirvieron queso y dulce de postre y vino Carlón. En la tienda compré un par de alpargatas, una bombacha, un pañuelo y un chambergo. Y de gringo me transformé en criollo".

—Dickman sí entendía la pampa —dice.

Esa versión idílica no me impresiona. El fracaso de la agricultura creó un ambiente sombrío de plagas, inundaciones, sequías y langostas. Según recuerdo, en Tandil, treinta y seis extranjeros, al grito de: "Mueran los gringos y masones", fueron degollados por un curandero misterioso que se hacía llamar Tata Dios. La inmigración no fue un amable paseo por el campo sino que se regó con sangre y fuego. Están los crímenes de Moisés Ville, la crónica de mi colega Javier Sinay: "Cuando Waisman quiso cerrar la puerta escuchó que desde afuera golpeaban fuerte. Volvió entonces para abrir y vio a algunos gauchos que se abalanzaron, y enseguida recibió una puñalada en el corazón. Ante los gritos de su marido, la esposa entró al negocio y los gauchos le clavaron un cuchillo en el pecho. Después pasaron a la otra habitación, donde mataron a los niños". En los veranos que visité el pueblo me sorprendió el número de dedos que les faltaban a los hombres. Trabajar con las manos debe ser peligroso, pensaba. Atraparse un brazo con un tractor en medio de la nada. Las picaduras de los bichos al tropezar con una madera podrida. Un animal te aplasta contra un alambrado.

Y con esas delicias a sus espaldas, el rabino tira la pelota afuera de la cancha.

—Están contaminando el aire —digo.

—En mi familia somos todos sanos.

No va a largar prenda, pienso.

—Los vecinos dicen que fumigan cerca de la escuela.

El rabino se hunde en el sillón.

—¿Cómo podés asegurarlo? ¿Acaso lo viste con tus propios ojos? Llevo diez años en este pueblo. Mis hijos estudiaron en ese *shule* y ya están en la universidad. Además, la inspectora avisa cuando va a pasar el avión. Ese día se suspenden las clases.

—¿Y el Ministerio no hace nada?

—Confían en las maestras.

—En otros países está prohibido.

—Se pueden permitir ese lujo.

—Hay otro tema —digo.

El rabino enciende un cigarrillo. Aspira el humo.

—¿Cuál?

—La explosión de la noria. Hubo un muerto, heridos.

—Eso fue un accidente. Vos estás tirando mierda contra el Noxa pero tendrías que informarte más, no escuchar solo lo que se dice por ahí. La cerealera donó un laboratorio a la Universidad para aumentar los controles, podrías chequear los resultados.

Lo interrumpo.

—Fui a ver a la viuda.

El rabino se incorpora.

—¿Qué pasa con ella?

—No quiso decir una palabra sobre el *accidente* ni sobre el entierro de su marido. Ni hablar de Ema, una amiga de infancia. Usted la conoce, supongo.

—Claro.

Saco la foto de en la cartera, la pongo encima del escritorio. El rabino la examina, torciendo los labios.

—Ya te dije que la conozco.

—Es como si se hubiera evaporado en el aire. La empleada del vivero tampoco sabe nada.

—Se habrá tomado unos días —dice.

Noto la misma combinación de cautela y sospecha que percibí en la viuda.

Miro el reloj.

—Bueno, me voy.

Me paro y camino hacia la salida.

Unas mujeres empiezan a cantar. Nos las veo, pero escucho las voces, cómo van ganando en intensidad.

—¿Qué apuro tenés? —dice el rabino.

Se tira para atrás en la silla, cruza las manos encima del escritorio.

—Ninguno —digo.

Me mira entrecerrando los ojos.

—¿Cuánto te pagan?

—¿Qué?

—¿Cuánto te pagan para escribir esas mentiras?

Sonríe. Destraba las manos y las cruza encima del pecho.

Cuando estoy cerca del *Maguen David* vuelvo a mirar para adentro. El rabino sigue en la misma posición, con las manos cruzadas. Ya no sonríe, parece preocupado. Camino unos pasos. La luz que se filtra a través del vitraux me ilumina la cara. Las voces suenan lejos. Vuelvo a mirarlo. Ni se mueve ni alza los ojos. Cierro la puerta.

8

Llamo a Diego. Ocupado. Más tarde vuelvo a intentarlo. Le mando un mensaje pidiendo el teléfono de Sara Godoy; si bien tengo la intención de usarla como fuente, la excusa me sirve para hablarle. No quiero reconocer que estoy más interesada en levantarme al médico que en avanzar con mi trabajo.

Me contesta al rato, con un mensaje de texto. Tiene la tarde libre y se ofrece a acompañarme. Dudo en aceptar. No me olvido del *face:* está en una relación sentimental. ¿Y si esa mujer fuera Ema? La idea aparece de pronto, me fulmina como un rayo. Me doy cuenta de que no le dije una palabra sobre la desaparición de mi amiga. Ya tendré tiempo de hablar, pienso. La dueña me avisa que me esperan. Mientras cruzo la recepción me hace una mirada de complicidad. Subo al Fiat, saludo a Diego con un beso. Siento los ojos de la mujer clavados en mi espalda. Atravesamos la avenida. El hospital. La farmacia. La perfumería. El mudo está cortando la ligustrina debajo del cartel de letras verdes. Lo saludo levantando la mano. Salimos a la ruta hasta tomar un camino de ripio. Las piedras se incrustan en las gomas. Mariposas pegadas en el vidrio. Un escarabajo. Una camioneta se adelanta, nos pasa. Seguimos en medio de una nube de polvo. Cuando se disipa veo una construcción revocada con cal y techo de chapa, medio oculta entre la vegetación. Una sinagoga, me informa Diego. Hace años que está abandonada.

—Pará un momento —pido.

Bajo del Fiat. Afuera el silencio es total, solo interrumpido por el canto de las cotorras. Un caminito de lajas gastadas tapado por yuyos y arbustos. Zumbido de tábanos. Avanzo espantando los bichos con las manos. Un chimango vuela en círculos, las alas se recortan en la profundidad del cielo. Hay un árbol caído cerca de la entrada. Todo es muy tranquilo.

Tengo miedo. No creí que el lugar pudiera afectarme así, con tanta fuerza. Doy una vuelta alrededor. La puerta está cerrada con candado. Las ventanas tapiadas con maderas cruzadas. Un yunque oxidado con cadenas en la base. El aire pesado parece cerrarse sobre nuestras cabezas.

–Fue la primera que se construyó en el país –dice–. El templo era un salón grande, con una división para hombres y mujeres. Con el paso del tiempo, como venía poca gente, los juntaron para celebrar los oficios. El piso es de pinotea original y tiene un *Maguen David* en la pared del fondo.

–Como la del pueblo.

–¿La conocés?

–Hablé con el rabino.

–Cuando este templo cerró casi todo lo que estaba, desde el lavamanos hasta los bancos, fue a parar al museo.

–¿Cómo sabés tanto?

–Vivo acá.

Sonrío.

Volvemos al Fiat. Giro la cabeza para mirar una vez más las paredes blancas, el techo de chapa, la puerta cerrada con candado, el camino de lajas gastadas con arbustos a los lados. Me parece escuchar unas voces pero deben ser producto de mi delirio. Le pregunto cuándo se clausuró. No sé, dice, hace años que no hay oficios, ahora se hacen en la otra sinagoga. Seguimos un rato en silencio. Más adelante veo las siluetas de los silos y de nuevo reconozco un aire familiar en esos cilindros altos: los colores, posiciones y formas cambian mientras vamos hacia ellos, como si mi cabeza se pusiera al revés y fuera hacia atrás, acercándome a la infancia. Y ahí me espera Ema. Me sobresalto al advertir que no está, que estoy mirando un campo yermo. Una campana suena, como un llamado que viene de lejos.

Continuamos por el ripio hasta llegar a una casa con un limonero en el jardín. Olor a coliflor hervido. El timbre que cuelga al lado de la puerta está desvencijado. Todo llora adentro de esa habitación, la mesa, las sillas, el aparador, los cuadros, hasta la virgen de Luján está llorando.

La mujer abraza a Diego.

–Qué te trae por acá.

Cuando se separa, advierte que estoy parada atrás. Es una mujer baja, regordeta. Viste una pollera larga, con flores y una camisa escocesa que le llega a las rodillas. La luz le hace brillar el pelo negro, recogido con una cola de caballo.

–Sara –se presenta.

Me tiende la mano. La piel está cuarteada por el exceso de jabón y lavandina.

–Marcia es periodista –dice Diego–. Está buscando información sobre el Noxa.

La mujer me mira.

–¿Quieren unos mates?

Pasamos a la cocina. El olor viene de una olla tapada, encima de la hornalla. La mesa está cubierta con un mantel de hule. Al centro, una frutera con naranjas. Separamos las sillas. Sara llena una pava con agua. Enciende la cocina. Agarra una calabaza, la carga con yerba, la da vuelta, la agita.

–¿Por qué no le contás? –dice Diego.

La mujer mete el dedo en el agua. Espera un momento, apaga el fuego y ceba un mate.

Me lo pasa.

–Vinimos para eso –la anima Diego.

Sara vacila un momento.

–No es fácil –dice–. Hace ocho años vivimos rodeados de soja, los dueños fumigan varias veces al año. Tenemos vecinos con cáncer, con enfermedades de la piel... A la cerealera no parece importarle. Y al gobierno tampoco. El doctor es el único que nos apoya, los otros no quieren abrir la boca por miedo a perder el trabajo...

La pava queda en el aire.

Le devuelvo el mate.

–¿Micaela?

–Mi hija –dice Sara.

Se para y va hasta la cocina. Finge estar buscando un repasador adentro de un cajón.

Cuando vuelve, tiene los ojos rojos.

–Después de tener a la mayor, me costó quedar de encargue. Hice un tratamiento, tomé pastillas. Por ese entonces mi marido estaba haciendo una casita en un lote del campo que heredó del padre e íbamos a trabajar los fines de semana. Las avionetas nos empapaban, teníamos que salir corriendo a bañarnos. Después nos quedaba un olor raro. Al lavar la ropa salía un color rosado...

Se calla.

—La nena nació con problemas —sigue—. De bebé sufría temblores, una infección tras otra. La llevamos a un hospital de la ciudad. Cuando la internaron descubrieron una malformación en la uretra. Le sacaron el riñón pero igual murió al año. Al principio pensé que todo era por lo que había tomado para quedar embarazada pero después a la mayor le descubrieron agroquímicos en la sangre. El análisis se lo hicieron acá y me pidieron repetirlo en la capital. ¿Cómo sé que no me lo cambiaron? Yo empecé a investigar con otras madres. Fuimos casa por casa para anotar dónde había chicos enfermos, le pasamos la lista al Ministerio. Después al Concejo Deliberante, a quejarnos, al principio no nos dejaban pero nos impusimos.

Sara sigue hablando sola, como contándose la historia a sí misma. Bajo la luz de la cocina, la piel se va oscureciendo. Se para, me hace una seña y me conduce a través de un pasillo. Abre la puerta de un dormitorio. Las persianas están bajas. Buscando el interruptor se clava el asiento de una bicicleta, se aferra al manubrio. La deja contra la pared y sube la persiana. Miro el acolchado rosa, los peluches encima de la almohada, un portarretratos con forma de corazón con la foto de Micaela, los estantes con las *barbies*. *Con Ema jugábamos con la muñeca alemana que la bobe trajo en el barco. La peinábamos, le arreglábamos las puntillas alrededor del cuello. Otras veces éramos nosotras las que mirábamos a la bobe hamacar la muñeca en su regazo y a mí me parecía que su silencio tenía que ver con su segundo marido, que la internó a causa de sus tzures.*

—Las *barbies* son de la mayor —dice Sara—. Desde que se murió Micaela la hermana no quiere dormir en la pieza.

Baja la persiana.

—Las madres se presentaron como querellantes —sigue Diego mientras atravesamos el pasillo—. En un primer momento se les denegó la participación pero apelaron y se les hizo lugar. La Justicia Federal se declaró incompetente y ahora el caso está en la Corte.

Volvemos a la cocina. Sara me pregunta si tengo hijos. Le hablo de Vera. Busco una foto en el celular, la amplío. Es hija única, digo. Ella la mira con interés. No se parecen, dice, con una sonrisa cansada. Es igualita al padre, digo y guardo el teléfono en la cartera. Al despedirnos Sara me cuenta que la mayor llevó un lorito, su mascota preferida, a la escuela. Lo metió adentro de una bolsa porque sabía que iban a fumigar y lo olvidó adentro del aula. Nos despedimos en el jardín. Diego me abre la puerta del auto, gira y sube por el otro lado. Pone el motor en marcha. Miro hacia atrás. Sara está parada debajo del limonero, con la mano en alto. Cuando el auto abandona la calle, me apoyo contra la puerta. Tené cuidado, advierte Diego. Ponete el cinturón, aconseja. La correa está trabada debajo del asiento y tengo que tironear para poder sacarla. Diego maneja en silencio hasta que llegamos al pueblo. Estaciona, pone su mano encima de la mía y me dice *liálke*. Lo miro asombrada. Mamá es *id*, aclara, y me da un beso corto. Le como la boca.

9

Me deja a una cuadra del hotel. Busco un banco de la plaza, me siento. No me lo puedo sacar de la cabeza. Mientras nos despedíamos me contó que consiguió un contrato en el hospital y está viendo cómo instalar un consultorio en el pueblo. Todavía los números no le cierran pero cada vez tiene más trabajo y las asambleas le ocupan todo el tiempo. Su mujer y su hijita viven en Buenos Aires. El enterarme que es casado me produjo un sobresalto que olvidé al instante: la distancia era más que suficiente para probar un *touch and go*. Después de tanta sequía yo no me iba a andar fijando en la libreta. Además, eso descartaba a Ema, al menos por el momento.

Un hombre me mira, parece que ocupé su lugar. Se acerca. Tiene un uniforme amarillo y zapatos de seguridad acordonados. Ahora me va a preguntar si soy de acá, pienso, pero se ubica a mi lado, saca una carpeta tamaño oficio, la abre y me muestra unos dibujos de Molina Campos. Recuerdo que papá me contó que la primera exposición de su pintor favorito se hizo en la Rural en un año clave: Roberto Arlt publicaba *El juguete rabioso*, Horacio Quiroga *Los desterrados* y, más cerca, aparecía *Don Segundo Sombra*, de Güiraldes. El hombre me ofrece a precio de regalo una reproducción de *Bravo corcoveando*. Un gaucho, sentado encima de una montura de cuero de oveja, doma un caballo de pezuñas gigantes. La mano en alto sostiene una lonja de cuero. Atrás, el campo liso, sin vegetación, solo un arbolito enclenque inclinado por el viento pampero.

En el mismo instante en que compro la lámina de colores brillantes ya estoy arrepentida. Los ojos saltones del gaucho intentan atravesar el papel y los dientes del caballo me muerden las rodillas. Lo sigo mirando un rato después, en la mesa del bar del hotel cuando el celular suena. La voz es desconocida:

—¿Marcia Meyer?

—Sí.

—Tu teléfono me lo pasó... —hay un silencio o no sé qué ocurre en la línea, pero la mujer sabe que estoy investigando sobre el Noxa. Tiene mucho para contarme de Ema, dice y le agradaría que fuera a su campo para hablar más tranquila. Agrega:

—Ah, cierto, me llamo Adela Torres. Mi casa está... ¿Se las ingenia para llegar?

—No se preocupe, lo averiguo.

—Mire que para uno de afuera es difícil de encontrar. Lo más probable es que se pierda. ¿Tiene papel?

—Diga.

Anoto las indicaciones en una servilleta.

—Al final, una tranquera verde, la voy a dejar abierta. El campo se llama Los lapachos.

—¿Sobre qué quiere hablar?

—Es personal, no lo voy a hacer por teléfono.

—¿Puede adelantarme algo? Por lo que veo, sus arbolitos no están cerca.

Adela corta sin contestar. Voy a mi habitación, prendo la ducha y dejo correr el agua tibia. El cansancio de la excursión se diluye y me acuerdo de las últimas vacaciones en el pueblo: el agua se cortó y con Ema nos tuvimos que ir a bañar al arroyo. Mientras la vida tenga un baño, vale la pena. Me siento relajada. Me paso crema por todo el cuerpo, me seco el pelo, me visto y busco Los lapachos. Un campo de doscientas hectáreas alquilado por la cerealera para experimentar el rinde de la soja. Mientras lo ubico en Google una nota me llama la atención. En un lugar cercano se dictó una ordenanza prohibiendo la fumigación aérea. Según dice el informe, la cantidad de Noxa que se arroja en los cultivos aumentó en forma alarmante, para combatir los yuyos cada vez se necesita más veneno. Después miro la cara del caballo. Los dientes lanzan un relincho. Corro el secador encima para borrarle la sonrisa. Recuerdo el dicho de la *bobe: sharfn zij de tzein*, afilarse los dientes, por si la abundancia que llega sea comestible. Pero esos dientes, tan solidarios en las buenas y en las malas podían ser retirados del juego en un abrir y cerrar de ojos, la taba se daba vuelta y los dientes se van al carajo. Agarro la computadora, salgo de la habitación y vuelvo al bar. Un rayo de sol atraviesa el ventanal y cae sobre la pantalla. La máquina de café canta del otro lado del mostrador mientras en la cocina unas piernas se mueven debajo de la puerta vaivén al compás del ruido de los platos.

El celular suena otra vez

—Bueno, me ganaste una, dice el rabino. Ema estuvo el domingo en el pueblo.

Siento un cosquilleo en medio de la panza.

—Creí que hacía tiempo que no la veía.

—No la vi.

Me quedo esperando.

—Fue un rato después que vos aparecieras. La señora Buber, que vive enfrente le encargó una Santa Rita para su jardín. Supongo que debe haber estado vigilando.

—Debe seguir ahí, todavía.

El rabino hace una pausa, como esperando que yo agregue algo. No digo nada.

—¿Qué pensás?

—Era previsible que Ema se diera una vuelta.

—Eso es lo que creo —dice el rabino—. Por ahí no estaría nada mal que la buscaras.

Se interrumpe.

—¿Qué vas a hacer?

—Nada. Quizá la vecina sepa algo.

—¿Vos estás ocupada?

—Alguien me llamó después de visitarlo.

—¿Te borrás?

—Tengo trabajo.

Corto y miro la lámina de Molina Campos. El caballo sonríe con los dientes grandes.

10

–¿Osías?

–¿Sí?

–¿Me prestás la bici?

–¿Adónde vas?

–Quiero hacer ejercicio.

Apago el celular, camino hasta el museo. Osías está enfrascado con un número viejo del *Di Presse,* apenas levanta la cabeza cuando entro y se vuelve a concentrar en la lectura. Una vuelta y te la traigo, digo mientras la saco por el pasillo. Cruzo el pueblo desierto y salgo a la ruta, para el lado opuesto a la casa de Sara. Un rato antes repasé en Google la ubicación de Los lapachos, anoté en un papel todas las señales. Al lado de un criadero de chanchos, un galpón de chapa acanalada me llama la atención. Paro, me acerco. Espío a través de la puerta. Es un depósito de Noxa. Los bidones blancos con etiquetas amarillas y franjas verdes llegan hasta el techo.

Me encolumno detrás de un camión con vacas hasta llegar a un camino de tierra. Doblo. Las gomas se hunden, se elevan, vuelven a caer. El camino sube, lo noto en el pedaleo porque a simple vista todo es chato. Un estanque bordeado por juncos donde el agua se mete en el campo y los yuyos parecen arrozales sumergidos en el agua. Sigo pedaleando con fuerza. Cruzo un espantapájaros. El muñeco mira hacia el otro lado y lo único que veo es un saco viejo colgado con un palo y un sombrero. A un costado hay un perro sarnoso. El cuero le cubre parte de la cabeza y de las patas, pero el resto está en carne viva. Me pregunto por Adela Torres, para qué me habrá llamado. De pronto un calambre me inmoviliza la pierna. No puedo mantener el equilibrio y caigo cerca del alambrado. La bicicleta vuela dos metros más adelante. La rueda sigue girando. El pie me duele, no lo puedo mover. Intento un masaje. Me estiro hasta alcanzar el bolso, lo abro, saco el celular. Pulso el número de Diego. No contesta. Le mando un mensajito: "Emergencia. M. Camino rural" por si *está en una relación sentimental* le revisa los mensajes.

Me desplazo hacia el costado. Escucho. Al principio no oigo nada. Sin embargo el silencio suena como si fuera a salir algo sostenido, firme de ese desierto verde. Me limpio el pasto pegado a la rodilla, me arrastro un poco más hasta llegar al alambrado. Detrás hay una plantación de maíz y el camino desaparece entre los tallos y las hojas. Me apoyo contra un poste. Miro el suelo por si hay alguna víbora. ¿Por qué estoy acá? Si lo que estaba haciendo era mi trabajo yo misma era responsable de estar metida en él y el hecho es que ahora yacía en medio del campo sin poder moverme, expuesta a los bichos, a las alimañas, a los perros salvajes. Me van a comer viva, estoy segura. Los tábanos empiezan a rodearme. Hormigas coloradas, gigantes. Empuño el celular con las manos sucias como si fuera un cuchillo.

Media hora más tarde escucho el sonido de un motor. Me pongo el pulgar y el índice en la boca y silbo lo más fuerte que puedo, un silbido tan intenso que me sorprende. Me parece que tengo que hacer algún movimiento para que noten mi presencia, intento pararme pero es imposible. Creo que me voy a desmayar. Mi vista se nubla y me veo en un mar con distintas tonalidades de verde, desde la más fuerte a la más lavada y voy hacia el color más pálido. Diego se baja del auto. Lo recibo entre lágrimas y risas saladas. Por suerte conseguí un reemplazo, dice. Se agacha y me revisa. Los pelos oscuros del pecho se escapan a través de la chaqueta blanca. Menciona un esguince, una placa. Le rodeo el cuello con el brazo y haciendo equilibrio con un pie llegamos hasta el *Fiat*. Abre la puerta delantera. Me acomodo en el asiento mientras él carga la bicicleta en el baúl. El espantapájaros. El estanque bordeado con juncos. Miro el camino de regreso como si lo viera por primera vez y, aunque lo recorrí un rato antes, se abre de a poco delante de mí como un espacio lleno de sol del que parece surgir una música de Gershwin. Quisiera que este viaje no termine nunca.

—¿Adónde vamos?

—A mi casa.

—¿Y la placa?

—Puede esperar.

Estaciona.

Otra vez me ayuda a bajar.

—Bienvenida a la mansión Rivero.

La casa tiene una puerta cancel, dos balcones con rejas, un zaguán que desemboca en el hall con estantes cargados de libros. Un sillón de cuero viejo, gastado con una pila de diarios encima. Bolsas con muestras de propaganda médica. Una mesa ratona. *Está en una relación sentimental*, recuerdo e instintivamente busco alrededor la foto de su mujer y su hijita. No encuentro nada. A través del vidrio, veo una galería con colas de zorro. A la izquierda, una puerta abierta da a una cocina con azulejos blancos. Me sienta en el sillón, arrima un banco y me levanta el pie. Después abre la heladera, saca unos cubitos y los mete en una bolsa de nylon. Vuelve y la acomoda encima de mi tobillo.

—¿Qué tomás? ¿Café, mate?

Lo veo prender la hornalla.

—Tenés muchos libros —digo.

—Son de la biblioteca de mamá.

—¿Te gusta leer?

—No tengo mucho tiempo. ¿Y vos?

—No hago otra cosa.

—¿La ficción te interesa?

—Para armar las notas, contar historias.

Tomamos el café mirándonos a los ojos. Le comento que encontré un depósito de Noxa a la salida del pueblo, describo el galpón repleto de bidones blancos, con etiquetas amarillas. Me pregunta qué estaba haciendo en un camino rural. Ejercicio, empiezo, cuando veo que él deja la taza. Se acerca y vuelve a besarme. Lo aprieto con fuerza, le meto la lengua bien al fondo, bajo la mano hasta la bragueta. Caemos sobre un sofá. Los diarios van a parar al piso, como la bolsa de hielo, mi remera y su chaqueta. Después me alza en brazos con cuidado y me lleva a la pieza. Saca un preservativo de la mesita de luz.

Una hora después seguimos en la cama. Con el silencio de la calle la oscuridad es más intensa todavía. Aparto la sábana, le toco los dedos de los pies, hago rodar el mío encima de su pierna. El tobillo casi no me duele y permanezco unos instantes quieta, en esa posición. El hielo hizo milagros, digo. Alejo el cuerpo para acariciarle el torso, subo hasta el cuello, la cara. Él carraspea, se hizo tarde, dice, tengo que volver a la guardia. Un ratito más, le suplico. Gira, me enfrenta.

El celular suena.

—Apagá eso —dice.

Miro de reojo. Es Osías.

La bici, pienso.

—¿Sí?

—Una mujer muerta —baja la voz—. La encontraron adentro de un silo.

11

"El hecho ocurrió cerca de las diecisiete de ayer, dentro del silo ubicado en el campo Los lapachos, distante a cinco kilómetros del casco urbano. La víctima fue identificada como Adela Torres, de sesenta años, dueña del establecimiento. Según informes policiales, la mujer se encontraba en compañía del banderillero Jonás González, de diecinueve, quien estaba empujando una gran cantidad de cereal a una cinta transportadora cuando se produjo el desmoronamiento. En ese momento la mujer se inclinó y fue succionada por toneladas de la oleaginosa, dijeron los efectivos que intervienen en el caso. Los bomberos enfrentaron serios problemas para rescatar el cuerpo, debido a la gran cantidad de granos existentes en el sitio, que constantemente se desmoronaban, lo cual dificultaba llegar hasta el cadáver. Por otro lado la Fiscalía anunció que investigará la labor que ejercía el hombre, que aparentemente es empleado de una cerealera local".

Dejo el diario encima de la cama. La información sigue diciendo que hay que esperar el resultado de la autopsia para comprobar si Adela Torres murió por asfixia o si fue arrojada una vez muerta. Imagino la carne aplastada, los huesos astillados, los pulmones reventados por el esfuerzo. Me pregunto cuál era la relación de la mujer con Fernando Valverde. Qué me iba a contar sobre Ema. Sabía que la cerealera arrendó varios campos de la zona para sembrar soja y que durante la última década otras familias se vieron forzadas a abandonar sus propiedades incapaces de competir con la potencia del *agrobusiness*. Chacareros que vivieron de su trabajo por generaciones eran cercados por terratenientes vinculados con las compañías productoras de semillas, con la complicidad de la policía y la protección del poder político. Para intimidarlos se incendiaban árboles, se hacían disparos alrededor de las casas o se mataban los animales. Estoy metida en esas reflexiones cuando una llamada me sobresalta.

—¿Marcia?

—Pablo, ¿cómo estás?

—Bien. ¿Me escuchás?

Me acerco a la ventana.

—Así está mejor.

—¿Cómo va ese laburo?

—Estoy reventada.

—¿Alguna novedad?

Empiezo a contarle lo que pasó con Adela.

Me interrumpe.

—¿Cuándo volvés?

—Tengo para rato. ¿Vera?

—Dijiste que era una semana, o dos. Y van...

—¿Qué pasa con la nena?

—No te escucho bien. ¿Podés hablar más alto?

Me acerco más a la ventana.

—Hola, hola.

—Así está mejor.

—Te pregunté por Vera.

—Disfrutando de tu departamento.

—¿Por?

—Lo está usando como telo.

Me quedo callada. Pienso en mi hija acostada con su novio en mi sommier *king size*.

—La nena te necesita.

—Estoy laburando.

—Ya sé. Dudé en llamarte pero no durmió en casa. Estuve pendiente toda la noche del celular. Apareció a las diez de la mañana. Todo el mundo me pregunta cuándo vas a volver. Hasta la *bobe*...

—No la metás a la *bobe* en esto, querés.

—Me pidió que la acompañe al cajero.

—Si ella va sola.

—Hasta ahora.

Corto. Vuelvo a preguntarme qué sabía Adela de la desaparición de Ema. La última vez que vi a mi amiga fue un poco antes del vuelco, en la ruta dos. *Hablaba como manejaba, sin prestar atención ni poner un límite a las escapadas de fin de semana a la playa, desde la medianoche para llegar temprano y aprovechar todo el día.* Por un momento imagino el auto perforando la oscuridad, la mano de mamá apoyada en el brazo de papá para advertirle que va demasiado rápido pero él no la escucha. Después todo entra en una zona confusa, el dolor es una cerámica sacada del horno, no se pone nunca al rojo vivo ni sabemos el daño que puede hacernos ese objeto inofensivo: por años olvidé que Ema no apareció en el velorio de mis padres ni llamó para darme el pésame.

Me levanto, me ducho, me vendo el tobillo y bajo a desayunar café y unas medialunas resecas al lado de mi computadora. Ahora es la muerte de Adela Torres la que ocupa toda mi cabeza. ¿Había sido un accidente? No estaba segura. La televisión tampoco ayudaba pese a que en el canal local no se hablaba de otra cosa. El noticiero abrió con unas fotos de Los lapachos en primera plana, mostró al fiscal que estaba impulsando la causa y a continuación los comentaristas se ensañaron con la historia amorosa de la mujer y el banderillero, relación que no estaba comprobada. Parece que Adela no dejaba títere con cabeza y que a la noche, después de envalentonarse con varios whiskys y una que otra ginebra, iba a la barraca de los peones a elegir uno como si fuera una lata del supermercado. El chico tenía capacidades intelectuales disminuidas, lo que en buen romance significa un *potz* de proporciones. Ahora, mientras el cuerpo de la mujer se enfría en la morgue de la ciudad vecina, una perfiladora criminal explica que las pasiones que se tejen en los lugares chicos eclosionan en los momentos menos pensados. No se rompió la cabeza, pienso, pueblo chico infierno grande.

Cuando termina el noticiero, salgo. Necesito hablar con alguien.

12

–Te traje la bici.

–Gracias.

Osías no levanta la vista del libro.

–Dejala por ahí. ¿Cómo va tu nota?

–Lenta.

Recorre la página con el dedo.

–¿Por?

–Encontré un depósito de bidones.

Me mira.

–Repleto, hasta el techo.

Osías baja la cabeza, frunce el ceño. Sigue inclinado sobre su escritorio concentrado en la lectura y no me presta atención, ni siquiera cuando menciono los millones de litros de Noxa que se usan por año para fumigar ni la relación con los bebés deformes. Está con la historia de las hermanas Chertkoff, unas rusas que hicieron estragos en el partido socialista: una se casó con Juan B. Justo, otra con Adolfo Dickmann y la menor con Nicolás Repetto. Ni bien llegaron a la Argentina, abrieron una biblioteca y promovieron la participación política de los obreros.

–¿Te enteraste de la muerte? –lo interrumpo.

–¿Quién no?

–No estás impresionado.

–No es la primera vez que pasa un algo así. El año pasado se tapó el silo de los Koning y el peón bajó al sótano. Le cayeron toneladas de cereal encima. Esto –señala el libro con el índice– es más interesante.

Le cuento lo que pasó.

Osías levanta la mirada

–A ver –dice– me pedís prestada la bicicleta para ir al campo de Adela Torres porque ella te quería contar algo.

Encontrás un depósito con bidones. Te pegás un porrazo en el camino y le mandás un mensaje al buen samaritano. En vez del llevarte hospital el príncipe te conduce a su castillo y están en medio de un polvo cuando el aguafiestas acá presente te llama para contarte la noticia...

—Vas muy rápido.

—Con las mujeres no se puede.

Osías pone un señalador.

—Por lo visto hoy no voy a seguir.

—La policía sospecha que no fue un accidente. Detuvieron al banderillero.

—¿Ese? Es un pobre diablo.

—Adela intentó decirme algo que vio en su campo. También me quería hablar de Ema. Ahora me quedé sin fuente.

—No estés tan segura.

Cierra el libro.

—¿Oíste hablar del nene que encontraron muerto en la laguna?

—No.

—Fue hace unos meses, cuando vos no habías llegado al pueblo. Unos hombres estaban limpiando un campo cerca de un bañado y al cortar un tronco quedó al descubierto una manito. El resto del cuerpo estaba cerca del agua.

—¿Se sabe quién es?

—Todavía no.

—No encuentro la punta del ovillo.

—A lo mejor no viste la madeja.

—¿Quién?

—Fernando Valverde.

—¿Por?

—El campo donde estaba el cuerpito es suyo. Y él arrendaba el de Adela. Pero yo no te dije nada.

Osías abre el cajón del escritorio, revuelve unos papeles y saca un folleto del museo, con aire de tocar algo que no está del todo limpio. La historia del Weser. La llegada de los primeros colonos. La construcción de la sinagoga. En el dorso me entero que Fernando Valverde, además de ser miembro de la Sociedad Rural y dirigir la Asociación de Propietarios de Siembra Directa, preside la Cooperadora. Hay una foto.

Un hombre alto, de pelo canoso, cejas oscuras, vestido con una campera de corderoy: incluso en la imagen se nota que es el dueño de todo. Su empresa auspició la publicación del Libro de Oro, un volumen con tapas de raso y hojas con borde dorado, donde las familias pagaban para que el nombre de sus hijos quedara grabado con letras góticas.

—Algo me dijeron de Valverde —digo.

Osías mira el reloj.

—Mis rusas tendrán que esperar. Hora de hacer trámites.

Se detiene un momento.

—Cerrá al salir —pide.

Dejo el folleto y miro por la ventana. Me pregunto cuántos depósitos más hay en el pueblo. Por lo que leí, los fabricantes están obligados a lavar los bidones pero la gente lo hace en los patios, en el fondo de sus casas, en medio de los campos, pone a sus propios hijos a lavarlos y después los usa para guardar leche o para diluir jugos. Afuera, unos hombres conversan en la puerta del banco. Una cola de jubilados dobla la esquina. Un chico reparte unos volantes. Al rato veo estacionar una camioneta recién sacada de la concesionaria. Los cromados de las puertas brillan bajo el sol. La mujer sentada al lado del conductor me resulta familiar. Es Rosario, la encargada del vivero. No entiendo que hace ahí sentada. Por la forma que mueve las manos, se nota que están discutiendo. Cuando Valverde concluye la maniobra, la mujer da un portazo, camina una cuadra y entra en la perfumería. Él se demora con el celular, corta y abre la puerta. Baja. Lo miro con detenimiento: los jeans le caen a la perfección en unas piernas bien plantadas. El hombre está por entrar al banco cuando se cruza con Osías. Se saludan con un abrazo y siguen hablando un rato mientras mi amigo sostiene su mano en el hombro de Valverde y lo palmea con efusividad, como vecinos que se reencuentran después de mucho tiempo.

Cierro la puerta del museo, busco un taxi y le doy la dirección del vivero. Cuando llego me detengo un momento debajo del cartel con el cactus verde. El mudo está cortando las ramas bajas de una casuarina. Lo saludo levantando la mano, ensayo mi mejor sonrisa y camino al costado del tinglado. Doy una vuelta alrededor de la casa. Los postigos de la ventana no

María Inés Krimer

están bien cerrados. Apoyo el hombro con fuerza, al borde del desgarro. Presiono. El clac- clac de las tijeras. Miro alrededor hasta que encuentro un pedazo de metal. Lo meto entre los dos postigos. Ceden con un ruido seco. Corro el alambre mosquitero. Me encaramo y paso por encima del alféizar, deslizándome por la abertura. Cierro. Adentro, el piso reluce. Olor a desodorante y líquido para desinfectar. El juego de comedor francés. La alfombra persa. Los platos de porcelana. Aguzo el oído. Clac- clac. Tengo que apurarme, pienso, antes que Rosario vuelva. Atravieso el pasillo, una puerta, un baño. Qué estoy buscando, pienso, cuando entro al dormitorio de Ema.

Abro el ropero. Miro las camperas de abrigo, botas con puntas gastadas, jeans, toallas naranjas y marrones, raquetas de tenis, zapatillas viejas. Empiezo por el cajón de arriba de la cómoda. Bombachas, mallas de dos piezas, corpiños deportivos, remeras. Bolsas con naftalina, unas cartas dirigidas a la madre que vuelvo a guardar de forma no muy prolija, medias de colores, canilleras. El de abajo tiene recortes de telas, botones, alfileres de gancho, puños de camisas, cierres. La foto está adentro de un sobre amarillo. Ema, con un vestido ajustado, sonríe a su panza de siete meses.

13

Al otro día me levanto tarde. Estoy cansada. Me desperté varias veces durante la noche pensando en ese bebé ¿Dónde estará? ¿Era el que apareció en el campo? ¿Por qué Osías no dijo una palabra de ese embarazo? Ema quería un hijo, lo repitió muchas veces. Y esa foto es reciente, a lo sumo tendrá dos o tres años. Todo eso me taladra la cabeza. Decido desayunar en el bar, frente de la plaza. Mientras atravieso la diagonal experimento un picor en la nariz y saco una carilina del bolso. Cuando estoy a punto de tirarla algo me llama la atención. Una abeja se arrastra en el borde del tacho. Nunca vi una moverse con una lentitud tan exasperante. Al acercarme aparece otra, tan lenta como la primera. Miro hacia el fondo del recipiente. Una masa uniforme de abejas agonizan, apretadas unas con otras. Algunas están muertas. Doy un paso atrás pensando que habría ocurrido si metía la mano ahí adentro. Insectos invisibles zumban alrededor de mis dedos.

En el bar, dos chicas con el uniforme de la municipalidad toman Coca light sentadas en la barra.

–¿Te enteraste del nene que apareció en el campo de Valverde? –pregunta una.

–Un horror.

–¿Ya lo identificaron?

–Creo que no.

–¿Y la madre?

Busco una mesa al lado de la ventana. Un remate de vacas en el plasma colgado de la pared. *Manto de carne por donde lo miren.* Ahora el ventilador de techo gira despacio. *Quién da más. A ver el señor de la columna, ese de chomba azul.* Otra vuelta de paletas. *Lo estoy esperando.* El rematador se entusiasma con unos terneros. *Los mejores de plaza.* Y los últimos, pienso, ya no quedan animales en el campo. Miro la campana sobre el mostrador. Aunque sé que debo evitar las medialunas igual me tiento: a diferencia de las del hotel, lucen recién horneadas. Pido tres y un té con leche. Al rato la moza aparece con una bandeja. Mientras saboreo el desayuno me acuerdo cuando Ema viajó a Buenos Aires para conocer a Vera. Mi amiga estaba exultante con su sobrina postiza y vino cargada de regalos. Ni bien entró al departamento la sacó del moisés, se sentó, le parloteaba como a un animalito, la besaba. *Hola, mi princesa* mientras hamacaba la silla de atrás hacia delante. En un momento perdió el equilibrio. Cuando cayó hacia atrás se me paró el corazón, la cámara lenta del mundo, una estrella solitaria. Ema alcanzó a sostener a Vera en el aire. Se la arranqué de las manos.

Cuando termino me siento triste, o a lo mejor es el recuerdo o son las abejas las que me tiraron el ánimo por el piso. Una entrevista a Diego en el noticiero local: "Cada vez hay más gente enferma. Estamos viviendo el mismo problema que enfrentamos en los setenta con las tabacaleras. Ellos ganaban los juicios diciendo que no había pruebas que demostraran que el cigarrillo producía cáncer de pulmón hasta que, después de muchos años, los datos demostraron lo contrario. Hoy no hay dudas. Sí actitudes para ocultar la situación, empresas que se niegan al debate. Hasta los dueños están afectados".

Pago, me incorporo y salgo a la calle. Camino hacia la parada de taxis. Quiero hablar con Valverde. De repente todas las piezas de este *puzzle* empiezan a tomar forma. Estoy cruzando la diagonal cuando noto que un hombre musculoso, de camisa a cuadros me está mirando. Tengo la sensación de que me sigue desde que salí del bar. Ahora soy yo quien lo observa en el reflejo de las vidrieras. Me paro en *Daysy,* finjo interés en los precios de las cremas de enjuague. Camisa a cuadros sigue cerca. Entro a la farmacia, pido un Dexalergin, me refugio en el kiosco. Vago entre los chocolates y las barras de cereales. Compro algo, no sé qué, lo meto en la cartera. Salgo. Miro a unos pocos turistas recién bajados de una combi, que inician otro viaje a la semilla con la visita a la sinagoga. Las conversaciones me distraen un momento hasta que lo veo, mezclado entre la gente. Doy una vuelta a la manzana y paro a un taxi. A la cerealera, ordeno. El camino me resulta conocido, las quintas tapadas, la soja movida por el viento, la señal despintada del cruce. El criadero de pollos tiene un cartel: Se vende. Cuando llegamos a la entrada, le pido al chofer que espere. Está segura, pregunta el hombre. Mire que el reloj sigue andando. No se preocupe, contesto. Al bajar, un empleado de seguridad me detiene.

—Busco a Fernando Valverde.

—¿De parte?

—Marcia Meyer.

—¿Tiene cita?

—No.

El hombre vuelve a la casilla. A través del vidrio veo que habla por teléfono. Regresa enseguida.

—El señor Valverde no se encuentra.

—¿Cuándo lo puedo ubicar?

—Está en el campo.

Debe estar viendo muchos lotes últimamente, pienso mientras asiento con la cabeza. Vuelvo al taxi. Desde mi bunker controlo la garita, la barrera negra y amarilla. Ya no hay restos de la explosión, solo, al fondo, unas chapas oscuras y maderas retorcidas. Pasa un rato. El hombre me espía a través del espejo retrovisor. ¿Seguimos esperando?, pregunta. Pago, me bajo. En ese momento un camión disminuye la velocidad, pone luces de giro, se detiene en la garita. Mientras escucho los litros de gasoil que consumió el motor y el aumento en los precios del peaje, me deslizo por la puerta del acompañante. El chofer me guiña un ojo. Es una bola de grasa, el faldón de carne le cubre la entrepierna. Huele a desodorante, a tetrabrik. Piso una bolsa de McDonald's. Atrás hay una cucheta. Despacio, pasamos la barrera. Cuando estaciona en el playón me bajo de la cabina. El gordo queda con el brazo extendido hacia el costado, tocando el asiento vacío. La chica de la mesa de entradas está enfrascada con la computadora. Levanto la tapa del mostrador. Avanzo hacia el fondo del pasillo. Los clavos que sostenían las fotos parecen moscas en las paredes blancas. Olor a pegamento, a paneles recién colocados. Ahogo el estornudo cubriéndome la boca con el brazo. Pasos que van y vienen. El sonido de una chacarera. Sigo hasta la última oficina. Es entonces cuando lo veo, contra el ventanal. Los ojos de Valverde miran hacia afuera debajo de las cejas grises. Tiene puesta la misma campera de corderoy que usaba cuando lo vi en la puerta del banco. Gira, me hace un gesto con la mano. Entro.

—¿Qué hacés acá?

—Quería hablar con usted.

Desde el ventanal se ve una luz roja.

Me quedo mirando.

Me señala una silla, del otro lado del escritorio.

Valverde se sienta.

—No tengo mucho tiempo —dice.

Se saca la campera y la cuelga en el respaldo. Toma un cubilete que está sobre el vidrio y lo agita. Un dado para y muestra el seis. El otro da vueltas hasta detenerse en el uno.

—Escribís para *La mañana*.

—Sí.

—Algo escuché...

Lo miro.

—¿Y?

—Hablaste con el rabino.

—Hay acusaciones —disparo—. Las fumigaciones están afectando a la gente.

Valverde mete los dados en el cubilete. Lo agita haciendo ruido.

—Hay bandas de protección, azul, amarilla, roja.

—No se respetan.

—¿Cómo lo sabés?

—Oí que fumigan por la noche...

—Si viniste a decirme lo mismo que esos —hace un gesto con la mano libre, indicando la ruta— ya te podés volver. Lo mío es legal, tengo las recetas archivadas ¿Las querés ver?

—No es necesario.

Tira los dados. Un cuatro y un cinco.

—¿Algo más?

—Los chicos preparan el herbicida en los patios de sus casas. Ahí cargan los mosquitos.

—Los bidones vuelven a la empresa, eso lo saben todos —dice—. Acá nos encargamos de hacerles un lavado completo para volver a llenarlos. Si alguien los usa como táper...

–Encontré un depósito repleto. Los camiones cruzan el pueblo varias veces al día. El polvillo está en las veredas, en los techos.

–¿Y entonces?

–En el hospital me dijeron que aumentaron los casos de cáncer, los enfermos son cada vez más jóvenes.

Valverde deja el cubilete y tamborilea los dedos contra el vidrio del escritorio.

–Y yo soy el responsable.

–Encontraron un bebé muerto.

Se inclina hacia delante, sosteniéndose el mentón.

–No saben quién es.

–¿Y Adela Torres?

La mano tantea, buscando el cubilete. Una expresión de alarma aparece debajo de las cejas grises.

–Yo solo le alquilaba el campo.

Sus ojos se contraen un poco más.

–Andaba con un pendejo.

–¿Y?

–Se lo buscó solita.

Le digo que mi investigación será nota de tapa, que existe la posibilidad de un libro. Valverde se afloja, deja el cubilete encima del escritorio, esboza una sonrisa.

–No me vas a hacer quedar mal.

La conversación se distiende. De pronto parecemos haber encontrado un lenguaje común, un terreno donde los dos estamos cómodos. Hablamos de su fundación, que dona alimentos para los comedores escolares. Él mismo se encargó de comprometer a los productores de la zona para ceder parte de la cosecha. Las porteras, agrega, están haciendo un curso para hacer milanesas de soja en las escuelas.

Miro hacia la ventana. El campo amarillea con el resplandor del sol.

–¿Conocés a Ema?

El tuteo lo descoloca. Se incorpora de golpe, como si hubiera recibido una descarga eléctrica. Mira el reloj mientras mueve los hombros. La cara tensa.

–Se me acabó el tiempo. Si no tenés otra cosa para decirme, hasta acá llegamos. Ya sabés dónde encontrarme.

—No es fácil.

Valverde se humedece los labios. Parpadea varias veces. Suelta un suspiro largo.

—No te resultó complicado.

En algún lugar suena un timbre. La chica de mesa de entradas me saluda, se inclina sobre Valverde y le susurra algo al oído.

—Disculpá —dice.

Se incorpora y desaparece por el pasillo. Agarro el cubilete, lo hago sonar, arrojo los dados. El doble seis está esquivo. Giro la cabeza. Entonces lo veo y también al hombre con el que Valverde está hablando. Es el de la camisa a cuadros, el que me siguió en el pueblo, con la sonrisa de payaso. Valverde vuelve a entrar. ¿En qué andábamos?, dice. Me despido con un beso. Al salir, camino en zigzag hasta emerger delante de una tolva. Me perdí, pienso, mientras sigo dando vueltas. El camino hace una curva que desemboca en un depósito de fertilizantes. Vago en un laberinto de bolsas apiladas hasta en encontrar la puerta. Al intentar abrir está trabada. Siento los bronquios cada vez más cerrados, me cuesta respirar. La tos me dobla. Para qué me metí acá, pienso. Una siempre piensa eso. Después.

14

Corremos con Ema a campo abierto. Hace un rato que dejamos atrás la plaza principal, la sinagoga, las últimas casas del pueblo y seguimos húmedas como tomates, las cabezas al sol, las zapatillas embarradas. Agotadas, nos sentamos debajo de un álamo y nos prendamos de las formas de las nubes. Una oveja. Una pipa. La cola de un cocodrilo. Al rato Ema me hace una seña y nos paramos. Seguimos bordeando un lote cuando ella se detiene para señalarme dos animales, detrás del alambrado. Un toro monta a una vaca parado en las patas traseras. El cuello parece que va a reventar con el esfuerzo. Da unas embestidas, baja y empieza a comer pasto. No podemos aguantar la risa, nos agarramos las panzas. Después cortamos unos yuyos pegajosos, armamos canastitas con flores amarillas. Al rato el sol baja. Ema me desafía a una carrera, el último culo de perro. Corremos y los teros nos silban en los oídos.

—Marcia.

Abro los ojos.

Diego.

Trato de incorporarme.

—¿Dónde...?

—Te encontraron adentro de un depósito.

Tengo la boca seca, pastosa.

—¿Quién?

—Un camionero te estuvo buscando por todos lados. La seguridad advirtió que el hombre daba vueltas en el playón preguntando por una mujer que estaba con él. Al principio no le creyeron pero después dieron la orden.

Hace una pausa.

—No perdonás a nadie.

Miro alrededor. Los boxes están separados con cortinas. Del otro lado, un asmático respira con dificultad. Balbucea: "Vienen, vienen", con una voz pegajosa, como masticando las palabras. Enfrente, una mujer yace sobre unas almohadas, con las manos aferradas al borde de la sábana. Luces blancas en el techo. Una puerta vaivén, con ojos de vidrio esmerilado, comunica con el pasillo. Cada vez que se abre, veo zapatos, una pierna, un ambo, un tubo de oxígeno. Una voz pregunta si alguien va a tomar medidas, dice que la guardia está atestada y no se puede circular sin chocar una camilla.

—Tuviste suerte de que te encontraran —dice Diego—. Valverde llamó a la ambulancia, te metieron una ampolla de adrenalina y cortisona. Un rato más y no contás el cuento.

—Me voy a morir.

—No todavía.

Diego me acaricia la mano.

Me siento.

—El celu —pido.

Me lo alcanza.

Veo los mensajes.

—¿Diego?

—Sí.

—Quiero decirte algo.

—Mejor descansá, vuelvo en un rato.

Miro a través de la ventana. Cuando era chica, además del falso crup, relato obligado de la *bobe*, tuve fiebre del heno. Recuerdo que jugando a las escondidas con Ema me quedé encerrada en un ropero. El tiempo empezó a deslizarse entre nubes, como en el cine cuando se corta el sonido. Cuando abrió la puerta tenía ganas de gritarle que me podría haber muerto metida adentro. Pero no dije nada. A partir de ahí nos rodeó un aire gris y pesado, me parecía que para desplazarnos de la una a la otra teníamos que usar un machete. Los ojos se me cierran. Creo que duermo un poco. Cuando me despierto una enfermera me está sacando el termómetro de la axila. Anota el dato en una planilla y sale. Del otro lado del box hay olor a empanadas.

Diego abre la puerta vaivén y permanece en el umbral sosteniendo el extremo de la hoja con la mano.

—Acercate —pido—. Te quiero decir algo.

Se sienta en el borde de la cama.

—Soy amiga de Ema.

—¿Ema Grinberg?

—Sí.

Me mira con curiosidad.

—Nunca me habías contado.

—Nos conocimos de chicas, en el pueblo. Yo venía con mi familia a visitar a la *bobe*. Compartimos muchas vacaciones, éramos inseparables. Cuando ella se fue a Buenos Aires, cursamos algunas materias de periodismo juntas.

—Ella organizó las primeras asambleas —dice Diego—. Creí que estaba de viaje.

Me recuesto en la almohada.

—Para mí le pasó algo. Nadie se evapora así, de buenas a primeras. Le mandé mensajes avisando que llegaba, no contestó ninguno. Rosario, la encargada del vivero, también está preocupada. Sospecho que Valverde tiene algo que ver con todo esto.

La puerta vaivén se abre. Veo una mujer contra el tubo de oxígeno, con las manos esposadas.

Diego me mira.

—Identificaron al bebé muerto.

La voz me tiembla.

—¿El que encontraron en el campo?

—Sí.

Señala a la mujer del pasillo.

—Es la madre.

15

—¿Señora Meyer?

La puerta vaivén, otra vez. El médico es robusto, con cejas pobladas. Leo el nombre en el bolsillo: Doctor Krupnik.

—Soy el director del hospital —dice—. Me informaron que estaba internada y pasé a saludarla.

Sonrío.

—Muy amable de su parte.

—¿La atendieron bien?

—Sí, gracias.

Krupnik alza las cejas.

—Fue una imprudencia meterse en ese depósito. Menos mal que la encontraron a tiempo.

Mira hacia la puerta vaivén.

—Bueno, tengo trabajo. Si me permite

—¿Doctor?

Frunce el entrecejo. Tratándose de un tipo con cejas pobladas, es más que una frase.

—¿Ema Grinberg estuvo acá internada?

—¿Ema? No recuerdo. ¿Por qué?

—Por un parto.

Repite el juego de cejas. Algunos pelos miden más de tres centímetros.

—No tengo esa información. Pero se la puedo averiguar, si me tiene paciencia.

Las cejas bajan hasta las comisuras de los labios. Si le seguían creciendo le servían de bigote.

—Me gustaría ver el archivo de historias clínicas.

Se crispa.

—Ahora, si me disculpa...

Mi técnica de acorralarlo para que hable fracasa por completo. Mantiene los hombros erguidos, acompañando las cejas. Miro hacia la puerta vaivén. Un chico joven, con chaqueta verde, entra comiendo un chipá. Atrás, un hombre alto, con traje oscuro y un maletín en la mano se acerca a los pies de la cama y espera con aire de familiaridad, como si fuera un conocido de la casa.

—Puede irse cuando quiera —dice Krupnik.

—Gracias por su tiempo.

Las cejas son un insecto al acecho.

—Trataré de averiguar qué pasó con Eva —dice.

—Ema.

—Ah, sí, claro. Ema.

Un viento suave mueve la cortina. Me siento decepcionada, pero no tanto como Krupnik hubiera querido. El director intercambia un saludo vigoroso con el hombre del maletín y salen juntos de la sala. La puerta vaivén se cierra. Cada vez hay más movimiento en el pasillo. Una voz habla sobre lo que está ocurriendo en un hospital del conurbano. La guardia está parada, dice, amenazaron a un colega y tienen que atender puertas adentro. Ahora la cortina está quieta. Un rato más tarde hay un movimiento en el box de al lado. Internan a una mujer con un embarazo de tres meses. Tuvo una pérdida y están esperando que el ecografista llegue. El marido dice que es la segunda vez que pasa eso. Parece una escena de *La Peste*, de Albert Camus: "Las plagas son una cosa común, pero es difícil creer en las plagas cuando uno las ve caer sobre su cabeza. Ha habido en el mundo tantas pestes como guerras y sin embargo pestes y guerras agarran a la gente desprevenida. La plaga no está hecha a la medida del hombre, es irreal, como un sueño". De a poco, me voy adormeciendo. La puerta vaivén se abre. Mis párpados están cada vez más pesados. Basta de visitas por hoy, gracias.

—Marcia.

—Osías.

—¿Qué hacés acá?

Se sienta en una silla, al costado de la cama.

—Las noticias vuelan. Me enteré que estuviste jugando a las escondidas.

Sonrío.

—No te ves tan mal.

Corre la silla más cerca.

—Tengo un laburito para vos.

Acomodo la cabeza en la almohada antes de agarrar el sobre. Es tamaño oficio, con mi nombre escrito a mano. Saco la hoja.

Leo: "Nuevos estudios demuestran que el herbicida más usado en agricultura es nocivo para la salud. La mayoría de los cultivos están diseñados para tolerarlo y su uso aumenta cada vez más. Los lobbies de las corporaciones químicas quieren impedir que esto se conozca mediante generosas inversiones publicitarias. Si bien por Internet circula suficiente información, las autoridades se empeñan en ocultar el impacto en la salud de los trabajadores agrícolas, en la flora y en la fauna".

—¿Y esto?

—La asamblea está programando otro corte. Necesitan que les des manija en *La mañana*.

Guardo el sobre en el bolso.

—Veré qué puedo hacer.

Miro las luces blancas del techo. Silencio del otro lado del box. Hace un momento se llevaron a la mujer para hacerle la ecografía: hay dudas de que pueda conservar el embarazo. Recuerdo la charla de Osías con Valverde en la puerta del banco. Esa relación no me cierra, no me convence que esos sean amigos. Y ahora me quieren hacer pasar gato por liebre. Juan no va a tirarse contra la corporación química cuando los avisos de *Noxa* sostienen el suplemento rural del diario. Me sobresalto. Hace unos días que no pienso en el trabajo.

—Es toda una movida —digo.

—Ya lo sé —dice Osías—. Pero las bandas no se respetan, la gente inhala el polvillo, cada vez se venden más broncodilatadores. Acá cerca un avión fumigó encima de un chiquero y al otro día aparecieron cuatrocientos chanchos muertos.

—A Valverde no le va a causar mucha gracia —digo.

No acusa el golpe.

—Necesitan que les des una mano.

—La voy a mandar, pero no te aseguro nada. Ahora, favor por favor, te quiero pedir algo.

–Claro –dice Osías. Se agarra el mentón. –A ver, dejame pensar: ¿qué pito toca Valverde en la desaparición de tu amiga?

–¿Cómo adivinaste?

La cara de Osías sigue inescrutable.

–Por más que pienso, no encuentro ninguna relación – digo.

–Yo tampoco –dice mientras se para.

16

El patio del *shule* tiene un ciruelo seco. La bandera duerme en lo alto del mástil. Dos puertas dan a una galería con baldosas rojas. Entre los marcos está colgado un pasacalle: "Sí a la vida, no al Noxa". En el medio hay una mesita con una pila de volantes, dos sillas y botellas de agua mineral. Desde temprano la gente entra y sale, llena y vacía el lugar. Unos chicos juegan a las bolitas. Algunas se escapan y ruedan debajo de las sillas. Una mujer cuenta que plantó un jazmín. Lo ató con una estaca para que aguantara el viento. La planta agarró bien y ya medía cincuenta centímetros. Otra dice que vino en tractor. Doy una vuelta, saludo algunos conocidos y me presento a la maestra, una mujer alta, sólida, con las manos rojas y un pañuelo en la cabeza.

—¿Quién preside? —dice una voz.

—Sara —contesta otra.

Aplausos tímidos.

Sara pone un cuaderno y una birome arriba de la mesita. Dice que solo podrán hablar los que se anoten. La asamblea se convocó para decidir otro corte de ruta. La maestra me confesó que tuvieron problemas para conseguir un lugar, nadie quería ofrecerlo por temor a represalias. La propuesta de hacerlo en el *shule* surgió porque la hija de Sara es alumna de la escuela. A un costado, Diego conversa con un hombre que se acomoda los dientes en la boca. Ya podrían dejarse de joder con los cortes, dice alguien. Si lográs parar a Sara, replica otro. Me señalan. ¿Quién es esa? La periodista que está cubriendo todo. Cada vez hay más sillas ocupadas. Trato de ubicar a Osías. Él insistió para que venga y me deja plantada como un hongo. Registro un movimiento en la puerta. Murmullos. Cabezas que giran para mirar al recién llegado. El concejal viste una camisa

Columbia, mocasines y un cinturón con hebilla en forma de herradura. Saluda y se sienta en la primera fila.

Sara consulta su reloj.

—El doctor Rivero tiene la palabra.

Diego informa que está armando una red con médicos de otros pueblos donde se comprobaron casos similares. Muchos profesionales están comprometidos. Él está tratando de reunir información pero el director del hospital le niega las historias clínicas.

El concejal levanta la mano. Se para con lentitud, parece estar pesando las palabras.

—Como ustedes sabrán, conciliar los intereses de las partes es una tarea compleja. Por un lado están los productores que se mueven dentro de la ley y pagan los impuestos. Por otro, los legítimos reclamos de los vecinos, supuestamente afectados por el uso del Noxa.

Se oyen silbidos, abucheos.

El hombre hace una pausa.

—Propongo debatir la modalidad de la protesta.

—Repartir volantes sin cortar —interrumpe Sara.

Me señala.

—Contá por qué estás acá.

—Para cubrir el corte —digo—. Y las denuncias, claro.

Ema encontraba nidos en las huellas del barro.

La maestra se arregla el pañuelo y pide la palabra. Su voz tiembla, excitada por la cantidad de gente que ahora está reunida en el patio.

—Los chicos suelen traer sus mascotas a la escuela. Una noche Sara me llamó porque su hija se olvidó el lorito en el aula. Al otro día lo encontraron muerto. La nena sabía que iban a fumigar y lo metió en una bolsa.

El concejal dice que retira la moción. Solicita una semana de respiro.

Veo a Osías en el marco de la puerta. Se detiene un momento, inclina el cuerpo hacia delante, avanza por el pasillo, esquiva una bolita y levanta la mano.

—No tuve oportunidad de escuchar las opiniones de mis vecinos, pero quiero dejar constancia de la mía. Nos estamos enfrentando a algo muy poderoso.

Una mujer que teje en la primera fila deja las agujas sobre el regazo y golpea el piso con los zapatos. Alguien grita, no entiendo lo que dice.

¿Cómo se salvaban los pájaros de ser aplastados por los cascos de caballos?

Osías sigue:

—Así no vamos a ninguna parte.

Sara se incorpora.

—A vos no se te murió nadie.

Pide que se vote.

17

"Con la detención de María Ordóñez, madre de Ramón Paredes, la criatura encontrada en el campo de Pedro Valverde, se cierra un penoso caso que tuvo en vilo a toda nuestra sociedad desde la aparición del cuerpo. Según declaraciones de la propia imputada, su hijito, de dos años, manifestó sentir un fuerte dolor en el estómago. La mujer, madre de otros cinco, caminó hasta la ruta con Ramón en brazos. Pese a que hizo señas a varios automovilistas, nadie se detuvo a auxiliarla. Ramoncito se quejaba todo el tiempo hasta, que en un momento, sintió que el cuerpo ya no se movía más. Al comprobar que la criatura estaba muerta, hizo un pozo y lo enterró envuelto en una sábana. Según la imputada, tomó esa decisión ante el temor de ser golpeada por su concubino, que, según sus propios dichos, la haría responsable del fatal desenlace. Cuando volvió a su casa dijo que el chico quedó internado. María Ordóñez trabaja en tareas de servicio doméstico. Su último empleo conocido fue en el vivero propiedad de Ema Grinberg."

Apago la computadora. Salgo del hotel. Camino hasta la comisaría, a dos cuadras de la plaza. Una bandera flamea encima del escudo de la provincia. Dos ventanas enrejadas. Un zaguán con mayólicas. Después de revisar mi bolso con minuciosidad la policía de la mesa de entradas me conduce a través de un patio embaldosado a una sala con paredes descascaradas, una mesa y dos sillas. Al rato unos pies se detienen en el marco de la puerta. María Ordóñez tiene la cara hinchada. El pelo entre castaño y rubio, con las puntas pelirrojas. Viste vaqueros y una remera amplia, que perdió su color por el uso. Los ojitos entrecerrados miran mi bolso. Reconozco ese interés, varias amigas elogiaron el diseño. María se sienta, cruza las manos.

Me presento.

No parece sorprendida cuando le digo mi nombre.

—La mejor amiga de la señora Ema —dice.

La voz se arrastra fuera de la garganta.

Ahora soy yo la sorprendida.

—No parece tener muchas —tanteo.

Se pone un mechón detrás de la oreja.

—Usted sí.

—¿Yo?

Me mira.

—Ella me contó, la última vez que la vi. Se enteró que usted venía al pueblo.

Ahora todo empieza a tomar sentido, veo la estrategia de Ema. Ella sabía que yo me iba a involucrar en su desaparición y fue esparciendo señales, acá y allá. Y yo caí en la trampa.

—Me gustaría ayudarte.

Fue un alivio enterarme que ese chico no era de mi amiga. La dueña del hotel confirmó la versión de Osías. Según me contó, el hallazgo se produjo cuando dos hombres estaban desmontando parte de un terreno para sembrar soja. Al cortar un árbol, el tronco se desplomó en dirección a un bañado y dejó al descubierto un cascote de tierra. Y una manito. Los restos del nene fueron trasladados a la morgue de la ciudad. Aunque la autopsia reveló que no presentaba fracturas, la madre está detenida por el delito de abandono de persona seguido de muerte.

María abre la boca.

—Soy amiga de Ema, vos lo dijiste.

Se estruja las manos.

—¿Cuándo entraste a trabajar en el vivero?

—Hace unos meses. Después no pude seguir, por los chicos. La señora Ema me pasaba ropa. Era la única que me ayudaba, yo estaba sola para todo. Mi marido venía, me embarazaba y se iba.

Se lleva el dedo índice a la boca. Muerde la cutícula hasta hacerla sangrar.

—Ramoncito se descompuso a la tarde, yo estaba sola con los otros chicos. No tenía plata para llevarlo al médico y tampoco con quién dejar a la beba. Salí con el nene en brazos, no podía caminar de lo débil que estaba. Llegué a la ruta y ahí esperé que alguien me llevara pero nadie paró. Ramoncito dejó de quejarse. Tenía el cuerpito duro. Así que lo envolví en una sábana y lo enterré en el campo.

Se detiene.

—La señora Ema me decía que el nene estaba muy flaco, que lo llevara a control con la pediatra del hospital pero yo no tenía con quién dejar a los otros.

Afuera, suena la voz de Soledad. Un altoparlante anuncia un baile en la sociedad de fomento.

Nos quedamos escuchando.

La policía de la mesa de entradas se asoma y hace una seña para indicar que el tiempo se termina.

—¿Fue tu primer trabajo?

—No, antes limpiaba una peluquería. Después estuve con la señora Elsa. Una casa de dos pisos y en la parte de atrás una pileta con azulejos y una parra, tenía que sacar las hojas todos los días porque el agua se ensuciaba y podía taparse el filtro. A la señora no se le escapaba nada, siempre repasando los muebles y acomodando los patines en la entrada. Según ella, el polvo le quitaba las ganas de vivir, si uno lo dejaba depositarse se quedaba ahí para siempre. A mí me gustaba su pelo, no sé cómo hacía para tenerlo así teñido, dos mechas al costado del flequillo, otra en el nuca y las patillas...

—¿La señora Elsa?

—La esposa del señor Valverde.

Trato de ordenar mis ideas.

—¿Trabajabas ahí?

—Sí.

—¿Y Ema?

—Ella fue a buscarme cuando me echaron.

—¿La viste embarazada?

Abre grande los ojos.

—¿A la señora Ema? No, al menos mientras estuve en su casa.

Hace una pausa.

—Era muy flaca.

—¿Era?

La cutícula sangra.

—Bueno, es.

—¿Ella tenía novio?

—La vi varias veces con el señor Valverde. Él la pasaba a buscar por el vivero, ella tenía siempre el bolso listo. Creo que iban a un instituto. O algo así.

18

La niebla cubre la mañana, el horizonte entero. La luz de los faros se extiende al costado de la ruta y se filtra a través de una capa espesa, blanca. El olor a Noxa se percibe a la distancia. Unas sirenas lejanas. Ladridos de perros. Detrás de la fila de autos, se detienen dos camiones. Luces amarillas. Rojas. Verdes. Los alambrados emergen como cintas invisibles formando calles largas, rectas. Desde temprano los hombres quemaron gomas y ahora, a media mañana, los autos se funden entre la niebla y el humo. Me mezclo entre la gente, registro voces, estiro el cuello. Yo no tengo nada contra ese poroto, ni siquiera se come, dice una mujer mientras reparte unos volantes. Sara, con la nena en brazos, charla con Diego. Osías, sentado en un banquito plegable, prepara un mate. La viuda Filkenberg despierta comentarios con un saco amarillo. Daysy llega un poco más tarde y se desplaza de grupo en grupo, ofreciendo facturas recién compradas en la panadería. Un bombo solitario, atronando arriba de un acoplado estacionado en la banquina, se mezcla con una cumbia que trasmite una FM.

Nosotros preparábamos los productos, de ahí iban al avión. No usábamos guantes, ni barbijos. Ojalá me equivoque, pero creo que toda la gente que hacía ese trabajo tiene el cuerpo con veneno. Cuando me interné para operarme la rodilla, los médicos se sorprendieron del líquido blanco que salía, parecía crema, dice un hombre parado en el acoplado. La hija le sostiene el megáfono mientras él explica que fumigó por aire hasta que se enfermó: la obra social sólo se hizo cargo del tratamiento unos meses. Cerca, un nene carga soja con una pala de juguete y la mete en un balde. Lo miro ir y venir, juntando los granos diseminados en el suelo. Cuando el balde está lleno, lo descarga y vuelve a empezar.

—Qué estás haciendo —pregunto.

—Un silo.

—¿Para?

—Guardar la cosecha.

El Noxa nos ataca igual que a los insectos, con el agravante de que tenemos sangre caliente, entonces se reproduce con más facilidad. La comida me sale por la nariz, no controlo la garganta. Tengo quistes en las caderas, en los codos, continúa el hombre. La deformación de las manos es tal que hace pensar que lo sostiene un lazo que une las piernas y la boca al megáfono. Los menos madrugadores siguen llegando del otro lado de la ruta, atan un pasacalle en los extremos del acoplado. Escucho una voz: mirá el saco de la viuda, parece que colgó el luto. Otra: los tomates se cayeron verdes y el perejil, que crece como yuyo, terminó quemado. Daysy va de grupo en grupo distribuyendo sonrisas y facturas de derecha a izquierda. Una camioneta con un cargamento de sillas se abre paso con lentitud a través del campo. Al acercarse el vehículo la gente aplaude y al rato se encarga de vaciar la caja.

De a poco la niebla empieza a ceder, el sol aparece entre las nubes y nos apiñamos a la sombra del acoplado. Los que consiguieron sillas se acomodan adelante, como en el palco de un teatro. Me paro en la última fila. El viento levanta un polvillo. Estornudo. Ahora el campo brilla iluminado por el sol, que rebota en las lonas verdes de los camiones, en los cromados de los autos. El tiempo transcurre entre la música y los discursos. Un hombre se acerca. Lo reconozco, es cara de payaso, el que me siguió en el pueblo, el que estaba en la cerealera con Valverde. Pasa delante de mí mientras intento, sin éxito, moverme hacia el acoplado. Cara de payaso me roza con el hombro, sin disimulo. Un matón, pienso. Lo miro. Tiene ojos de zorro, muy juntos.

—Cuidado —dice.

La voz me resulta tan desagradable como la sonrisa. Él se agacha, agarra un volante, lo lee y hace un bollo.

—Fijate por dónde pasás —digo.

Mi mano tiembla cuando saco el celular. Con la otra hago sombra en la pantalla. Pese a que mandé la información del corte a Juan no tuve respuesta ni tampoco acusó recibo de la nota de Osías. Entra un mensaje de Vera: Te extraño, mami. Contesto: Yo también. Los ojos se me llenan de lágrimas, a lo mejor es el resplandor o el humo de las gomas. Tendría que estar en Buenos Aires, pienso, si largo todo y me subo a un ómnibus. Desde las amenazas que recibí por la nota de Turismo Carretera la seguridad de mi hija me obsesiona. Unos bocinazos vienen de la hilera de autos. Ahora es Diego el que se trepa al acoplado. Lo miro con distancia, se borró sin darme explicaciones. Conozco las excusas, la falta de tiempo, las guardias, la agenda, ya sabés cómo es esto. Acostarme con él fue un error, que se meta las guardias en el orto. ¿Y ahora qué? Me cuesta dormir, perdí el sueño. O mejor, todavía no siento que tengo sueño pero apenas llegue al hotel me propongo dormir unas horas. Dejaría el cartelito colgado en la puerta para que no me despierten. Tal vez una llamada de Pablo, para contarme de Vera. ¿Todavía quería a mi marido? Sentía por él un afecto lejano, de terciopelo.

Ahora Diego toma el megáfono: Los médicos ya no pueden decir que no hay evidencias sobre los daños que produce el Noxa, arranca. Si seguimos callados es por miedo. La discusión ahora pasa por los agrónomos, por los empresarios. Ellos exigen pruebas que solo se pueden hacer sometiendo a un grupo de personas al tóxico y comparándolo con otro, como se realizó con el tabaco en los setenta. Pero eso es imposible. Estamos en pleno armado de la red, concluye. La gente aplaude. La viuda se abraza con Daysy. El del bombo golpea con fuerza, parece que el brazo se va a desprender del cuerpo, tiene el cuello cada vez más rojo. Cara de payaso está cerca del alambrado. Cuando ve que lo miro se agacha, agarra unos granos de soja de la montañita que dejó el chico, los hace deslizar entre los dedos. Los pasa de una mano a la otra. Va soltando uno por uno y los aplasta con la zapatilla.

Ahora es Sara la que está arriba del acoplado. Acerca la boca al megáfono: Mi hija murió, la otra tiene el herbicida en sangre. Desde el año pasado hicimos un pedido para que se respete la zona de exclusión, no se pueden arrojar productos tóxicos a menos de dos mil quinientos metros del pueblo...

Tengo que hablar con Juan, pienso.

Otro mensaje de Vera.

¿Cuándo volvés?

Pronto.

Cuándo.

La extraño.

Cara de payaso se para a mi lado, hace girar un grano entre los dedos. Pregunta:

—¿Noticias de la nena?

19

Si Juan me encargó la investigación del Noxa fue por mi nota sobre Turismo Carretera. La idea surgió a raíz de la desaparición de Lourdes Martínez y la denuncia de otros casos similares. Viajé varias veces a la provincia a fin de escuchar testimonios: para mí las personas eran algo más que "fuentes" y las casas "algo más que el lugar de los hechos". Y aunque la cana funcionaba con su propio departamento de prensa y elegía la información que pasaba, yo tenía mis contactos y hasta me encamé con un comisario. Por esa época Juan era el editor de *La mañana,* un diario que en su momento fue grande y ahora se contentaba con una tirada discreta y líneas editoriales según el viento. Y la veleta, por aquel entonces, giró para el lado de las carreras: cada vez había más chicas desaparecidas. Algunas, como Lourdes Martínez fueron denunciadas pero a otras se las tragó la tierra.

Recuerdo el último viaje. Mientras esperaba el embarque prendí la computadora. Las evidencias contra los organizadores y el gobernador aumentaban. Aunque ya tenía varios archivos, ninguno me conformaba. El escándalo prometía y, según Juan, seguro que la nota aumentaba la tirada.

Pese a que en el lobby había un silencio de muerte, en el hotel no tenían registrada mi reserva. Está lleno, me informaron. La habitación tardó en aparecer. Salí después de bañarme. En la calle no había un alma. En Tribunales, los jueces se movían en sepia. Saqué mi bloc. La primera en declarar fue la madre de Lourdes: Recorrimos hospitales, hablamos con las amigas. En la comisaría decían que se había ido con el novio. No tenían papel para tomar la denuncia ni nafta para la camioneta.

Cuando abandoné la sala, me pareció que me seguían.

El vuelo de regreso fue tranquilo, sin sobresaltos. Al bajar del avión, prendí el celular. Mensaje de Vera: Me hice un *tatoo*. Era medianoche y no quise llamar a la casa del padre. En el momento en que entraba al departamento sonó el teléfono. No atendí. Volvió a sonar. La voz era tan áspera como la amenaza: Pará con esa nota. Me senté frente a la ventana, las rodillas contra el mentón. El edificio estaba rodeado de otros más bajos y vi, a través del vidrio, los techos con claros y sombras, pantallas de los televisores titilando, figuras que se movían, ropas olvidadas en los tendederos.

Escribí hasta la madrugada: "Fuertes evidencias vinculan al gobernador y al jefe de Policía con la oferta sexual en Turismo Carretera. Se investiga la relación con el caso de Lourdes Martínez". Paré, estiré los dedos. Lourdes tenía la misma edad que Vera. Y volví a recordar cuando, años atrás, la perdí en Plaza de Mayo. La estaba mirando juntar unas piedras. Por un momento me entretuve con una marcha que avanzaba hacia el atrio de la Catedral. Cuando me fijé, mi hija no estaba. La busqué de una punta a la otra de la plaza hasta que la encontré detrás de la pirámide, jugando con unas palomas. Mientras cerraba la nota me di cuenta que sentía miedo por Vera. No podía soportar la idea que algo le pasara. Tenía que convencer a Pablo para que la llevara lejos, inventar unas vacaciones en el mar o en las sierras. El mail no tardó de entrar en mi correo. Decía: "Si seguís jodiendo, tu hija la va a pasar mal". Apagué la computadora, me enrosqué en el sillón. Calculé una vez más el número de páginas, el tiempo que me llevaría revisarlas. Abrí las manos, estiré los dedos otra vez, los volví a cerrar. Me paré, fui a la cocina, abrí la heladera, corté un pedazo de queso. Esa madrugada oí ruidos extraños. Me pareció que era el ascensor. Y era. Subiendo. Se detuvo en mi piso.

20

–Está bueno lo que me mandaste.

Hace una pausa.

Conozco a Juan. El informe no le gustó. Pero es de los que se van por la tangente.

–Esos números ¿están chequeados?

–Por supuesto.

Me empiezan a picar los brazos. Meto la mano por debajo de la manga y me rasco mientras leo en pantalla: "Más de la mitad de los encuestados y el cien por cien de los fumigadores afirman que ellos o conocidos estuvieron intoxicados alguna vez. Los cultivos rociados cubren más de veinte millones de hectáreas".

–El tema es peliagudo –dice.

–Ya lo sé. Pero hay una sentencia de primera instancia al propietario de un campo. Están los casos de cáncer, las malformaciones.

Me interrumpe.

–No se puede cargar al Noxa con todos los males.

Algo no funciona.

–Tenemos que andar con cuidado –sigue.

Hijo de puta, pienso. Parece estar defendiendo las bondades del jugo de naranjas.

–Te apretaron.

–Qué decís.

–El suplemento rural.

Según me habían comentado, a técnicos del INTA que advirtieron lo que estaba pasando no les renovaron el contrato. Hay una bajada de línea y nadie puede sacar los pies del plato.

–Te estás yendo al carajo, dice Juan.

Controla el tono.

—La idea era hacer un poco de ruido, que contaras algo de los cortes.

Lo veo venir.

—Algunos sacan tajada —argumento.

A juzgar por el silencio que sigue a continuación, *game over*.

—Cuando te calmés, seguimos.

Corta.

Me quedo en la cama, con la cabeza apoyada en la almohada y la computadora sobre las piernas. Saco un Dexalergin de la cartera, lo trago y sigo escribiendo: "Todo material que se inserta en el ADN de cualquier organismo puede ser asimilado por plantas, roedores, insectos, aves, peces y, eventualmente, seres humanos. El material genético es absorbido por las bacterias que lo transfieren a otros vegetales y por consiguiente a los animales y personas que se alimentan con ellos. Una vez que esos organismos ingresan al medio ambiente no se pueden controlar las consecuencias".

Apago la computadora. Me pongo unos jeans viejos, una camisa cómoda y zapatillas. El bar está vacío. Salgo a la calle. Camino hasta llegar a la plaza. Pese a que el sol pega fuerte, algunos hombres se animan a dar la vuelta al perro. Me siento en un banco, a la sombra de un espinillo. Qué haré si me voy del diario, pienso, podría seguir *free lance* pero los ingresos no cubrirían la prepaga ni el colegio de Vera. Cuando nos separamos con Pablo hicimos un arreglo que funcionó unos meses pero después todo cambió y tuve que poner un abogado; todavía estoy esperando la audiencia para fijar los alimentos. Si estuviera Ema tendría con quién hablar de todo esto. Siento un escalofrío, me abrazo. Por primera vez desde que llegué al pueblo pienso que nunca más voy a ver a mi amiga, hasta este momento no se me había cruzado esa idea por la cabeza.

Me paro, camino por la diagonal. Unos afiches en la puerta del teatro anuncian la charla de un pastor protestante. El tacho con las abejas está vacío. Estoy a punto de meter la mano pero me arrepiento y la retiro. Ahora la puerta giratoria de la Municipalidad expulsa a unas mujeres que se encolumnan detrás de los hombres ni bien cruzan a la plaza. Un viejo sentado en un banco. Una nena juega con un globo. Otra toma agua del bebedero. Los altoparlantes anuncian el festival del chorizo colorado en un pueblo vecino. Hay olor a pochoclo. Siemprevivas muertas. Estoy desconcertada. Demasiadas cosas de golpe. Calculé mal el apoyo de Juan, con él sentía las espaldas cubiertas. Cuando llego a la esquina sigo sin rumbo fijo.

Osías está cerrando el museo.

—¿Qué hacés?

—Me voy.

—Te acompaño.

Caminamos unas cuadras buscando la sombra de las paredes. Silencio de siesta. Terrenos baldíos, con yuyos crecidos. Casas con persianas bajas. Nos detenemos en una pintada de color ocre. Atravesamos el zaguán. Ni bien Osías abre la puerta cancel, dos gatos grises me saltan encima.

—Scholem y Aleijem —los presenta.

Entramos a un living amplio, con techos altos. Dos sillones enfrentados. Uno tiene una manta tejida al crochet sobre el respaldo. Las paredes están empapeladas de un tono crema desolador, como una camiseta que nunca se cambia. Una mesa ratona. Un televisor que heredó del *zeide*. Cajas apiladas en un rincón, cada una con un rótulo. Al fondo, una cocina con muebles de madera. Los gatos maúllan. Osías deja el celular encima de la mesa, separa dos recipientes de plástico, los llena de alimento, vuelve. Hay un enfrentamiento por la comida hasta que Scholem y Aleijem hacen una tregua y se abalanzan cada uno por su lado.

Mi amigo no parece sorprendido cuando le cuento el apriete que cara de payaso me hizo en el corte ni cuando le digo que conocía la existencia de Vera. Hace un gesto con los hombros y me señala el sillón con una manta.

Me siento.

—¿Un café? —me ofrece.

Saca una Volturno de la alacena.

—Es evidente que tus preguntas molestaron.

En el momento que está llenando la base de la cafetera su celular registra una llamada. No se inmuta, deja que suene. Me estiro y leo el nombre en la pantalla: Fernando. Valverde, pienso. Estoy a punto de hacer un comentario pero Osías sigue concentrado en el café, como si no hubiera oído nada.

Los gatos terminan de comer, se arquean y giran alrededor del sillón. Me miran con desconfianza.

—Juan me bajó el pulgar —digo.

—No le gustó la nota.

—Empezó a dar vueltas. La investigación de Turismo Carretera la publicó al toque.

—¿Qué pensás hacer?

Saca la Volturno del fuego y sirve dos tazas.

—Por ahora, nada.

—No es mala idea parar un poco.

—¿Te parece?

—Sí.

Tomo un sorbo. Scholem se acomoda sobre mis piernas, apoya la cabeza en mis rodillas. Ronronea. No me molesta, es más, le acaricio el lomo.

—¿Vos conociste a Ema?

Osías prueba su café. Asiente.

—Como todo el mundo.

Deja la taza sobre la mesa ratona.

—Ella organizó los primeros cortes. Después se borró y no volvimos a verla. Pero estábamos acostumbrados a que se esfumara. Hace unos años desapareció unos meses, nadie sabía dónde estaba. Siguió yendo y viniendo.

—¿Sabés si tuvo un hijo?

Me mira con sorpresa.

—Vi una foto suya embarazada.

Osías deja la taza suspendida en el aire.

—Es la primera noticia que tengo.

Hace como todo el mundo. Sin llegar a mentir no dice toda la verdad. Pero su mano tiembla. Un poco de café cae en el plato.

—¿El chico está en un instituto?

—¿De dónde sacaste eso?

—Algo escuché.

Estornudo. Scholem se sobresalta, abandona su sitio y empieza a rondar el sillón. Aleijem se acerca, olfatea mis tobillos.

—Quiere que te corras —dice Osías—. Estás ocupando su lugar. Está acostumbrado a hacer ahí la digestión.

Suena mi celular. Es Diego.

—Apareciste.

Ignora mi comentario. Habla bajo.

Acerco más el aparato a la oreja.

—Noticias de tu amiga —dice.

—¿Ema?

—Parece que la vieron cerca del campo de Adela Torres, el día de su muerte.

Osías me mira con interés.

—Después te llamo.

—¿Quién era?

—Diego.

—El principito.

Me corro al otro lado.

Aleijem recupera el trono. Se hunde en el almohadón, se estira, se arquea.

Miro el celular.

—Mejor me voy —digo—. Los gatos me dan alergia.

21

Al otro día me despiertan unos golpes en la puerta. El desayuno está listo, dice la dueña. Hay una nube sobre el pueblo, no se puede salir hasta nuevo aviso. Me levanto, abro la ventana. Un copo de algodón cubre las paredes, los techos, los postes de la luz. Entra un olor ácido, penetrante, líquido. El ruido al rozar el alambre mosquitero me estremece. Cierro, me visto y salgo de la habitación. El bar está vacío, con las cortinas corridas. No se sabe si es de día o de noche. Elijo una mesa. Los pies de la dueña se mueven en la cocina. Agarro una revista del Automóvil Club. La abro y empiezo a hojearla. Me detengo en un artículo. Los antiguos decían que las nubes ocultaban a los dioses, que cubrieron la huida de los judíos de Egipto, que son el símbolo de la fertilidad y la lluvia. Pero la que está encima es muerte pura. Sigo esperando. De vez en cuando me llegan sonidos de la calle. Una escoba raspa la vereda, los arañazos de una bocina, la frenada de un auto. Hojeo un rato más, me levanto y voy a la cocina. Agarro una bandeja con tostadas, la mermelada roja en un platito, el rulo de la manteca derretido, el café tibio. Vuelvo a la mesa. Coloco la revista sobre mis piernas y empiezo a mecerme despacio, haciendo que el café se bambolee dentro de la taza. Tomo un sorbo, me mancho los dientes. Recuerdo *La guerra de los mundos*, de Orson Wells. La invasión de los marcianos se relató como si fuera una noticia: las naves derrotarían la tierra con rayos de calor y un gas venenoso. Me pregunto si pasará algo así con mi nota. Ahora, la luz fluorescente me protege. Un moscardón zumba encima del mostrador. Afuera, una voz desconocida grita: ¡No pueden ignorar que Él murió por salvarnos! Me levanto, corro la cortina, espío a través del vidrio. La nube sigue ahí, redonda como un plato. Un cardenal rojo la cruza.

22

Pregunto al chofer si conoce el camino. Niega con la cabeza. Hace una seña al conductor estacionado un poco más atrás. El auto se adelanta y me acomodo en el asiento trasero, tapizado con una tela deshilachada. El hombre se estira para cerrar la puerta.

A Los lapachos, indico.

Empieza una llovizna suave y al pasar por la perfumería *Daysy* el vidrio ya está empañado. El hombre prende el limpiaparabrisas, empuja la palanca de cambios. Un termo rojo rueda entre mis pies, va de una puerta a la otra. Pasamos la farmacia. El hospital. El kiosco. Se desata un pampero que vira hacia el sudeste. Contra el cordón comienza a amontonarse una resaca leve, yuyos, palitos, cascarudos, hojas enrolladas. El auto cruza el cementerio y enfila hacia la ruta. Ahora llueve fuerte, tupido. El pampero castiga los álamos, las casuarinas se estremecen regalándole ramas y hojas al viento. Miro hacia fuera. En pocos minutos, la banquina está anegada. Siento algo parecido a un mareo. Como la vez que me quedé adentro del ropero, el agua es otro encierro. Alargo la mano para abrir la ventanilla. La manivela no gira. Me inclino, intento el lado opuesto. Le pido al hombre que baje los vidrios pero no contesta. Dobla con dificultad y toma un camino vecinal. Sigue lloviendo. El viento no solo no amaina sino que aumenta con violencia. Miro el reloj. Tres de la tarde. Extraña hora para morir. Porque una muere sin luz, al amanecer, las catástrofes ocurren durante la noche, las malas noticias llegan cuando una está comiendo. Las tres, mala hora. Veo una tapera inundada. ¿Y si no para de llover? El agua lame los burletes, intenta entrar al auto. Me siento sola, como si no estuviera el chofer en el asiento de adelante. El viento sigue, empecinado.

Unas ondas de agua se forman a lo largo de la goma, avanzan sobre el vidrio.

—¿Vamos bien?

El hombre sigue mudo.

—¿Vio la nube?

—Me perdí un día de trabajo.

Hace una pausa.

—Al menos el agua lava todo.

Trato de pensar en otra cosa, concentrarme en el motivo que me trajo hasta acá. Juego con una hilacha del tapizado, la enrollo en un dedo. Estoy segura de que ese campo encierra un secreto. Y también me pregunto qué me quería decir Adela. Si Ema tiene algo que ver con esa muerte o si otra vez juega a las escondidas. Osías es para mí otro enigma. El encuentro con Valverde en el banco. La llamada al celular. Demasiados interrogantes para seguir en su casa acariciando gatos. Ahora la lluvia golpea con toda su fuerza. Los relámpagos blanquean las nubes, abrillantan un cielo casi plata. Las liebres corren deslumbradas por el resplandor. Acompaño el movimiento de las escobillas con la cabeza mientras dudo si estoy en el mejor lugar para protegerme de los rayos. Al tomar una curva, el auto se desplaza hacia el costado, retoma el camino con una maniobra que obliga al chofer a disminuir la velocidad. En un charco que se forma en la banquina, una rama salta y sigue flotando. La veo dar vueltas hasta que se aproxima al borde, se detiene y la corriente la arroja al centro. Pasamos el estanque de los juncos. El espantapájaros chorrea agua. Un sapo inmóvil, como embalsamado. Vacas contra el alambre, de espaldas a la tormenta. La guantera se abre con un ruido seco. Una linterna. Un rollo de papel higiénico. Pese a que la temperatura bajó unos grados, tengo las manos mojadas. Siento que se me cierra la garganta. Me inclino hacia delante y sacudo el hombro del chofer. Me parece que el camino se jodió, dice y golpea la guantera con fuerza. Me cuenta que en la última inundación el pueblo quedó cubierto con más de un metro de agua y la gente se tenía que trasladar en botes. Me estiro hacia la manivela decidida a abandonar el barco, arrojarme al vacío. Abro la cartera y revuelvo hasta encontrar un Dexalergin. Lo trago en seco, con esfuerzo. Cada vez está más oscuro. No veo la lluvia pero la siento caer, cómo martilla el techo del auto. El agua se me mete en los ojos, me empuja a bajar la cabeza y cuando la levanto solo agua. Me apoyo contra el asiento. Intento secarme la frente, pero las manos empapadas la humedecen aún más. Respiro hondo, cada bocanada es más corta y más y más cerca de los pulmones. El volantazo suena como un látigo. Caigo. Es lo último que hago.

23

Estoy cruzando un maizal cuando veo una caja grande, de esas que usan en los supermercados. La abro y mi hija está adentro. No entiendo qué hace ahí, a lo mejor está jugando a las escondidas. Escucho un ruido ensordecedor. Me tapo las orejas. Veo que avanza una trilladora. Trato de gritar para que Vera salga de su encierro pero la máquina la atropella y sigue su camino. Nena, no te hiciste nada, mami te va a cuidar, insisto. Y mientras busco los pedazos de la caja esparcidos en el campo le digo que no tiene que jugar en lugares peligrosos ni aceptar la invitación de desconocidos, pues si le sigo hablando ella no puede estar muerta, aunque sé que lo está.

Scholem me despierta con unos golpecitos a intervalos regulares sobre el acolchado. Cuando advierte que abrí los ojos maúlla. Es un maullido diferente, largo, quebrado. Me mira con cara de asombro como diciendo qué hace esta acá, metida en la cama. Olfateo olor a gato. No es un olor casual sino un olor penetrante, como si me hubiera caído en un pozo ciego. Tengo ese olor en el pelo, en las sábanas, en la almohada. Pego un manotazo y Scholem salta de la cama. Me levanto con dificultad. Camino por la pieza esperando que mi cabeza me explique cómo estoy otra vez en esta casa.

Los gatos se instalan sobre la manta tejida al crochet. Avanzo con cuidado por el living, trastabillo. Piso un recipiente de plástico, vuelco el agua. Aleijem maúlla otra vez. Pese al papel crema, la casa me parece más fresca que la primera vez y más oscura. Recorro los cuartos despacio, fijándome en todo lo que encuentro a mi paso, un objeto tras otro, muebles, ceniceros, el sillón, el reloj. Contra la ventana están las cajas apiladas, del tamaño de un armario chico. Aleijem aparece entre mis pies, lo acaricio. El texto sobre Enrique Dickman, encima de la mesa ratona, despierta mi interés. Paso las páginas. El hotel de inmigrantes estaba ubicado en el actual emplazamiento de Retiro, ahí se alojó durante tres semanas, ignorando su destino. En los pasillos se rumoreaba que iban a llevar a los inmigrantes a El Chaco o venderlos como esclavos, pero los metieron en una carreta y los trasladaron a la costa. Ahí vivieron en carpas. Sigo, reconozco el párrafo que me leyó el rabino. Osías continúa contando las primeras experiencias en el campo del autor de *Recuerdos de un militante socialista*, donde todavía como "gringuito" debió esperar junto a otros miles de recién llegados a que la *Jewish* adquiriera las tierras. Un viaje parecido hizo mi *bobe* años después, desde el puerto a este pueblo, escribí la crónica para *La mañana*: "Las escotillas están abiertas, todos se preparan para subir tras días de encierro en la bodega. Los pasajeros no hacen más que mirar el cielo. El barco atraca. Las letras doradas refulgen al costado de la proa. Un altavoz da la orden de buscar las pertenencias. La *bobe* baja rápido mientras los pasajeros se aglomeran en cubierta. Una fila larga se apiña en la planchada. La *bobe* mira hacia uno y otro lado. Nadie vino a buscarla. El ruido de las máquinas. El bramido del motor. Una sirena. La *bobe* se tapa las orejas con las manos".

Como yo, frente a la trilladora. El recuerdo de mi hija me perfora la boca del estómago. Tengo que hablar con Vera, me ordeno, esta noche la llamo sin falta, no quiero pasar una hora más sin noticias. Ahora Scholem restriega su cara contra mis zapatillas, se recuesta en el piso. Pero enseguida brinca y aterriza encima de mi pie. Muevo la pierna, se refugia debajo de la mesa y se afila las uñas en la pata de madera. Tiene un perfecto control sobre la intensidad del arañazo, las saca apenas, como una advertencia. Después se dirige a las cajas y sigue escarbando. Despega unos rótulos.

Alguien golpea las manos en el zaguán.

Aleijem queda paralizado, mirando hacia la calle. Me observa como diciendo cuándo te vas a decidir. Me arrastro por el zaguán. Abro la puerta cancel.

Daysy sostiene un táper.

—Osías le manda esto.

Aclara:

—Es una sopa de *kneidalaj*.

Extiendo las manos.

—¿Quiere pasar?

Le señalo el sillón con la manta de crochet. Nos sentamos enfrentadas.

La miro buscando una explicación.

—El taxista la dejó en la guardia —dice Daysy—. Ahí ya la conocían, no era la primera vez.

—Claro.

Aleijem gira alrededor del sillón.

—La enfermera le avisó a Osías.

Scholem sigue el diálogo con un ronroneo.

—Le dieron una pichicata como para voltear a un caballo.

Daysi da más detalles de mi internación. Me quedo pensando. Las imágenes surgen de a poco, como una nebulosa. La ambulancia estaciona en la entrada del hospital. Me bajan en una camilla, con la máscara de oxígeno sobre mi cara. El chirrido de las ruedas en el pasillo. Los boxes de la guardia separados por cortinas. Las luces blancas del techo. La puerta vaivén, con los ojos de vidrio esmerilado. El visitador de traje y maletín cerca de mi cama. No me sorprende la ausencia de Diego: a lo mejor sigue arriba del acoplado.

—Osías está en el museo —dice Daysy—. Me pidió que le trajera algo para comer.

Me paro y dejo la sopa encima de la mesa.

Scholem pega un salto, se trepa, la olfatea.

Vuelvo al sillón

—Muy amable de su parte.

Aleijem rasca la puerta cancel, para anticipar la despedida. La picazón vuelve a mis brazos. Si me quedo un rato más acá, pienso, me internan otra vez.

Daysy se incorpora.

—Se me hace tarde.

Mientras se despide me aconseja sacar la sopa antes del hervor para que los *kneidalaj* no se deshagan. Va hasta la puerta escoltada por los gatos, que se apuran a volver a instalarse en el sillón. Abro la alacena. Paso la sopa a una olla, la pongo a calentar. La cocina se llena de olor a caldo de pollo. Me sirvo un plato hondo, está delicioso, con gusto a *bobe. Mezclo el agua, el aceite, los huevos, sal, pimienta y la harina de matzá. Hago pelotitas y se las agrego a la sopa.* Al rato puedo pensar con más claridad. La muerte de Adela Torres encierra una clave, estoy segura. Y la respuesta está en ese campo. Tengo que entrar de alguna forma. Todas las preguntas sobre Valverde se acumulan en mi cabeza. Presidente de la cooperadora del museo, la cerealera pagó el libro de Oro. ¿Cuál era su relación con Ema? ¿Y ese embarazo oculto? Recuerdo cómo le tembló la mano a Osías cuando mencioné el instituto.

El celular.

Juan suena tranquilo.

—¿Lo pensaste?

—¿Qué?

—Lo de bajar dos cambios.

Hace una pausa.

—Quiero que aparezca la otra parte —dice—. No podés cargar las tintas de un solo lado.

—Explicate mejor.

—La cerealera no es la mala de la película.

—No veo la buena.

—No te hagás la inocente. Vos comés del mismo plato. Seguí, después veremos.

Corta.

Scholem vuelve a su escondite entre las cajas, se ensaña con una en especial. Maúlla. Me quiere decir algo. Lo espanto con la mano. Descorro las cortinas para que entre más luz, miro otra vez los rótulos. Festejos del centenario. Refacción de la sinagoga. Cementerio. Una etiqueta dice: Noxa. La abro, son los volantes de la campaña. Saco uno, lo leo, hago un bollo. Revuelvo todo con las manos sucias, como un cangrejo. La caja que escarbó el gato está envuelta en papel madera y atada con un piolín. Tengo que abrirla, pienso.

Después de manipular el nudo con cuidado, lo logro. Está llena de casetes. Los miro sin interés hasta que descubro uno que dice: Ema. Busco por toda la casa pero no hay ninguna casetera. Puteo en silencio. Scholem se acomoda encima de la pila dando por concluida mi investigación. Guardo el video en el bolso. Llamo un taxi. Mientras lo espero saco y miro la cinta varias veces. Ahora los gatos duermen sobre la manta de crochet, como en un calendario. Están echados con las cabezas juntas, acariciándose los morros. De vez en cuando uno se mueve y lame las patas del otro. Cuando escucho la bocina cierro la puerta para que no se escapen. Le indico al chofer el nombre del hotel. El hombre asiente. Sin que me de cuenta nos acercamos a la plaza. Un letrero que dice "Videoclub" me llama la atención. Las letras son de un azul desvaído, pintadas en la vidriera. Cómo no lo vi antes, pienso. Le digo al taxista que me bajo.

Cuando entro, una luz amarilla ilumina las estanterías. Una chica rubia, detrás del mostrador, tiene los ojos fijos en una billetera que un hombre exhibe en la mano. Hay un momento de vacilación, la chica me mira sorprendida y camina hacia la puerta masticando un chicle. Pasa a mi lado mientras sigo parada, fingiendo interés en los estantes. Camino hacia el mostrador. El hombre todavía tiene la billetera en la mano. Al advertir que la estoy mirando, abre un cajón y la guarda. Retrocede hasta la pared. No le saco los ojos de encima. Parece estar esperando que yo diga algo para moverse. Oigo el golpe suave en la puerta. La chica, pienso, pero no quiero darme vuelta.

—Es una nena, digo.

Las palabras lo apuntan como un disparo.

—La tenés complicada.

El hombre deja caer los brazos.

—Soy casado —dice.

—Te acordás un poco tarde.

Junta las manos.

—Es la hija del rabino —dice—. Si se entera el padre la mata.

—Yo no la invité.

—Ella se mandó sola.

Miro un poco mas abajo.

—Mejor subite el cierre.

El hombre vacila. Baja la mano.

—¿Qué querés?

—Ver un video.

Me mira desorientado.

—Podés usar mi oficina.

Los cordones desatados de las zapatillas se arrastran en el piso de mosaico mientras me indica el camino. Entro a un depósito con olor a humedad. Sillas desvencijadas, muebles con polvo acumulado. Me acomodo en una butaca giratoria y meto el video en una casetera. El silencio y la oscuridad del lugar me producen una imagen contradictoria, como si estuviera en la máquina del tiempo. Ema en la entrada del vivero, Ema debajo del cactus, Ema en la puerta del museo, Ema en la cancha de básquet, Ema debajo de una palmera. El cartel del *Holiday Inn* se recorta en el mar azul. Pero no es en ese paraíso que me estoy fijando sino en el hombre que está a su lado. Es mi marido, Pablo.

24

Vuelvo al hotel y me tiro encima de la cama. Escucho el ulular de una sirena. La ambulancia o los bomberos, no sé ni me importa. Después un silencio largo, profundo. El empapelado de la pared. Una abeja en el aplique de la luz. El espejo gastado. El video sigue adentro del bolso, desde que llegué a la habitación no me animo a sacarlo. Y entonces recuerdo. Una tarde esperaba a Pablo en un bar de Palermo. Su reunión se había prolongado pero yo estaba entretenida entre el jugo de naranjas, una nota para el diario y los turistas que pululaban en busca de ropa *vintage* y anteojos. Cuando lo vi acercarse no lo pude creer. Caminaba junto a una mujer. Era Ema.

Levanté la mano para saludarlos mientras el corazón me latía con fuerza. Pablo me contestó con el mismo gesto. Ella, por el contrario, me clavó esa mirada que conocía tan bien, entrecerrando los ojos mientras se le formaba una arruga en el entrecejo. Tenía una minifalda roja que apenas le cubría los muslos, un saco azul en la mano y unas sandalias blancas que le realzaban el bronceado de las piernas.

—Mirá a quién encontré —dijo Pablo.

Pagó mi jugo y caminamos por Honduras hasta elegir un bar con boxes altos, para charlar con más intimidad. Recuerdo que mi marido estaba excesivamente locuaz, insistía en la sorpresa del encuentro, señalaba la vestimenta ridícula de las mujeres, sonreía, movía los brazos. Ema, sentada enfrente de los dos, desmenuzaba un amaretto, lo deshacía con los dedos largos. Dejó enfriar su café, evitaba mirarme. Los reflejos en el pelo le iluminaban la cara y su piel, aunque bronceada, conservaba la misma tersura.

Pablo dijo que se cruzaron en la puerta de una librería, al salir de su reunión. Trataba de hablar con naturalidad pero era evidente que sobreactuaba. Cuando le pregunté a Ema por qué no nos había llamado aludió a la enfermedad de la madre, los viajes para comprar insumos, lo ocupada que estuvo con el negocio, vos sabés lo que son las distancias en Buenos Aires. Recuerdo mi asombro al comprobar que estaba enterada de todas las materias que nuestra hija se llevó a marzo, aunque hacía tiempo que no hablábamos. Pablo debió haberle contado mientras venían a buscarme. Ahora, al pensarlo, aunque agigantado por el paso de los años dudo si de verdad alcancé a ver ese gesto, la mano de Pablo cerca del saco azul, debajo de la mesa. Ella lo tenía sobre las rodillas, las mangas colgando a los costados. Mis piernas empezaron a temblar, golpeaba el piso con el taco del zapato. Él siguió con la expresión imperturbable, como un viajero que mira a través de la ventanilla de un tren, con aire distendido. Charlamos un rato más, nos despedimos con un beso y nos separamos, ella para un lado y nosotros para el otro. Aunque Ema se quedó unos días más en Buenos Aires, no vino a nuestro departamento. Hablamos por teléfono, le di noticias de la *bobe* y cuando le propuse un encuentro a solas inventó un pretexto.

Recuerdo el rechazo que sentí los días que siguieron, no podía mirar a Pablo a los ojos.

Creo que duermo un rato. Me despierto, me desvisto, me pongo una musculosa blanca y un short. Prendo la computadora. No puedo concentrarme. Las dos personas que más amé en mi vida no eran capaces de engañarme. Me obligo a mirar la pantalla. No puedo pensar en ellos como un hombre y una mujer. O como nada. Cuando se grabó ese video, estoy segura, todavía estábamos casados. No debí alterarme tanto, trato de convencerme. De a poco la situación me parece un poco loca y hasta divertida. Me repito que el asunto no me importa, para mí Pablo es historia pasada. Pero el abismo se abrió de forma inesperada. De alguna manera y pese al tiempo que llevábamos separados, siempre supuse que él no dejaría que lo nuestro terminara de una manera vulgar, que se fuera diluyendo como las otras parejas que evitan tocarse y buscan el borde opuesto de la cama. Siempre esperé que llegara un regalo, una invitación, una llamada y también supuse que él sabía que el regalo sería festejado y la invitación aceptada.

Pero no llamó.

A Ema no podía perdonarla.

Tanteo la sábana buscando el teléfono. Está debajo de la almohada.

—¿Pablo?

—Sí.

Parece sorprendido.

—¿Cómo está Vera?

—Bien.

—Contame.

—Fue al ginecólogo.

—¿Sola?

—Con el novio.

Trato de serenarme.

—¿Qué le dijo?

—Por qué no se lo preguntás a ella —dice con voz irritada. Y también que está en reunión, que más tarde me llama. Corta.

No le mencioné el video ni dije una palabra de esa luna de miel en el *Holiday Inn*. Pablo debió aprovechar alguno de sus viajes de trabajo. Me incorporo en la cama. Inspiro. Exhalo. Trato de pensar en algo gracioso, algo que me haga reír. No se me ocurre nada, de modo que vuelvo a Ema. Recordé cómo me había evitado a partir de ese encuentro, no respondió mis llamadas ni preguntó por Vera.

El celular.

—Estabas en el bar —la voz es desconocida.

—¿Quién?

—Me gustaría verte.

—¿Quién? —repito.

—Ahora —dice la voz—. Estás en la 201, ¿no?

—Sí.

Me levanto, me lavo los dientes, me peino. No entiendo lo que estoy haciendo, invitar a un desconocido. Mientras termino de arreglarme leo en Google: "Una mujer se hizo amiga de un hombre por Facebook. Viajó a la Capital para estar juntos. Al principio todo estaba bien pero con el correr de los días el hombre la encerró. La víctima estuvo secuestrada hasta que pudo llamar a su ex marido, quien avisó a la policía. La hermana describió en las redes que la mujer tiene lesiones en las costillas, pómulo y mentón". Unos minutos más tarde escucho golpes en la puerta. Una mano la abre despacio. Lo primero que veo son los zapatos negros que entran a la habitación, *se acostaba con las botas embarradas, imaginate acostarse con un ser así, que podría asesinarte en cualquier momento.* Escucho el ruido sobre el piso de madera. Levanto la cabeza. Es el hombre de traje oscuro y maletín que vi en el hospital, el que crucé en el bar. Sonrío, al menos no es Jack el Destripador, *una o dos veces tuve sospechas cuando le encontré el pelo largo en la chaqueta sin contar la vez que entré en la cocina y él haciendo como que bebía agua una mujer no les basta fue todo culpa de él...* Ahora tengo un miedo leve, gaseoso, no solo por lo que podía suceder sino por lo que va a pasar a partir de este momento. Estoy atenta a los latidos de mi corazón, al temblor de mis manos *yo estaba segura que él tenía algo que ver con ella, soy buena para descubrir una cosa así, él decía no tenés prueba, ella era la prueba.*

Molly Bloom se encama con el primero que se le cruza, pienso. El hombre se acerca, interpreta mi sonrisa como un gesto de bienvenida. No puedo ordenar mis pensamientos, no sé si darle la mano o besarlo. El desconocido se sienta en el borde de la cama, me acaricia la pierna. Me saca la musculosa y la tira lejos, al piso. Me toca el pelo, me abraza, me muerde los labios.

—¿Te lastimo?

—No.

—Quiero comerte —le digo.

—Sos una caníbal.

—Ya vas a ver.

Le desabrocho el cinturón, le bajo el cierre, tiro de los pantalones. El hombre, recostado en la cabecera, se deja hacer. Lo chupo y lo pajeo hasta que acaba. Aguanto todo en la boca. Voy al baño y me enjuago.

—Ahora sí, ¿cómo te llamás?

—Edgardo.

—¿Qué hacés?

—¿Sos periodista, acaso?

—No nos presentamos.

—Soy visitador médico. Estoy en el hotel, te miré desayunar. Y hace poco, en la guardia...

Escucho una frenada.

—Te recuperaste bien.

Busco la camiseta, me la pongo.

—¿Y vos? —pregunta.

—Adiviná.

—Vendés algo.

—Tibio, tibio.

Agarra los pantalones.

—Promotora.

Sonrío.

—De *Avon*.

—Algo así.

La pantalla del celular titila. La miro de reojo. Es un *whatsapp* de Osías.

Apareció Ema.

25

La niebla tarda un rato en disiparse. Aunque no llovió la humedad impregna toda la tierra. Pasamos junto al estanque de los juncos. Aleteos en el agua, creo ver patos salvajes. El espantapájaros está oculto entre la bruma. Unas vacas aparecen detrás del alambrado, se acercan a los postes como fantasmas silenciosos y se esfuman en la niebla. Doblamos por un camino que se extiende a lo largo de las vías y durante un rato avanzamos detrás de un camión que se desplaza casi a la misma velocidad a la que va un tren. El chofer nos mira a través del espejo retrovisor, se hurga la nariz y saluda en dirección a los vagones. El polvillo que desprende el acoplado vuelve el aire irrespirable. Estornudo, le pido a Osías que suba los vidrios.

–No sabía que estas vías funcionaban.

–Antes había un servicio de pasajeros –dice–. Ahora solo hay un tren de carga.

–¿Con qué frecuencia?

–Una vez al día.

Se oye un silbido.

Nos detenemos.

–Justo nos tenía que tocar –dice.

El tren pasa lento, como un gusano.

Osías me sorprendió con el ofrecimiento de llevarme a Los lapachos. Ema estuvo ahí, me dijo haciéndose el misterioso, sin dar más datos. Yo tampoco hice preguntas. Despaché a Edgardo con la promesa de un nuevo encuentro, me cambié de ropa y dejé la habitación tratando de no hacer ruido. No quería que la dueña pensara que me estaba escapando. Tendría que responder sus preguntas y no tenía ganas de dar explicaciones. Pero si se asomaba fingiría cierto grado de cortesía o hablaría del precio de los tomates. El bar estaba vacío. En la calle, escuché una bocina. Osías sacó la mano fuera de la ventanilla. Conducía una camioneta parecida a la de Valverde. Al subir, olfateé el olor a nuevo.

Ahora, las vías chirrían.

—No conocía este atajo.

—Por acá cortamos camino —dice.

Tamborilea los dedos sobre la palanca de cambio.

—Ni que estabas motorizado.

—Te quería dar una sorpresa.

El silencio pesa adentro de la camioneta.

—Ese video —digo.

Me mira.

—No sé cómo llegó a casa. María debió traerlo con los papeles de la campaña y fue a parar a una de las cajas.

No va a hablar, pienso.

Los últimos vagones cargados de cereal terminan de pasar. Cuando el tren se pierde en la curva las torcazas vuelven a la banquina a picotear los granos.

—¿Cómo sigue lo de María?

—La defensa espera la pericia psiquiátrica.

—Sí, ya sé.

—Entonces para qué me preguntás.

La historia de esa mujer empezaba a dar batalla, crecía junto al archivo de Noxa. O a lo mejor era la necesidad de sacar dentro de mí el estado de excitación en que me encontraba cada vez que Ema aparecía en mi vida, cosa que solo lograba con la escritura: "Empieza el juicio a María Ordóñez, una mujer acusada de la muerte de su hijo Ramón, de tres años. El chico murió en brazos de la madre durante la caminata hacia un centro de salud. Ningún auto se paró a ayudarla. Temerosa de la reacción del marido, la mujer enterró al nene en el campo de Fernando Valverde y volvió a la casa diciendo que estaba internado. Ahora está detenida y sus hijos a cargo de otros familiares. Para el Juez de Instrucción es la única responsable. El padre no está incriminado". No sabía qué iba a hacer con esa nota pero era un consuelo que me estuviera esperando en la computadora.

—Estás muy susceptible últimamente.

—Y vos muy densa.

Osías hace una pausa.

—Ya sé que tu principito te dejó plantada...

Apenas noto el cruce de las vías.

—Me ocultás información.

—Te aviso cuando esté la pericia.

—No me refería a eso.

Osías se acomoda en el asiento.

—¿Y a qué?

—Esta camioneta, por ejemplo. ¿De dónde sacaste la guita?

Hace un gesto de fastidio.

—Tenía unos ahorros.

Se aprieta el lóbulo de la oreja.

—Hay otra cosa.

Un cuis se cruza y desaparece del otro lado del camino.

—¿Qué?

—¿Por qué Ema está jugando a las escondidas?

Aprieta el embrague.

—Algo le pasó, ¿cierto?

Su mano se crispa sobre la palanca de cambios. Afloja la presión.

—Ese hijo...

—Juré que no...

Me estoy acercando, pienso. El miedo me martilla en la cabeza. Tengo las manos frías. La panza dura. Pero el campo brilla con su verde más fuerte, el sol es energía pura. Una decisión firme de saber la verdad me lleva a prometer:

—Soy una tumba.

—Ema estaba al frente de los cortes cuando quedó embarazada —empieza—. Era la loquita, la zurda que armaba el quilombo para impedir la fumigación con Noxa. Le advirtieron que la cosa venía mal pero siguió adelante. Por ese entonces empezaron las muertes. Primero fue un nene de un año, con un cuadro de fiebre y vómitos. Después la nena de Sara, que estuvo internada más de dos semanas. A otra la tuvieron que derivar a un hospital más grande, pero no se pudo hacer nada. Encima, la ambulancia estaba rota.

—Hubo más casos —lo interrumpo.

—Sí, unos chicos que se bañaban en el arroyo. Ahí lavaban los mosquitos.

—¿Y el bebé de Ema?

—Lo tuvo en una clínica de la ciudad. Desde que nació está internado. Por lo que sé, tiene un retraso importante.

—Traducilo.

—No camina, no habla y se babea todo el día.

El dolor sobre mi espalda. Me arde la boca del estómago. Me pregunto cómo hizo Ema para seguir. Recuerdo un libro de Kenzaburo Oé, *Una cuestión personal*. A un padre le avisan que su mujer parió un monstruo. *Lo llaman hernia cerebral. El cerebro asoma por la abertura del cráneo.* Los alambrados me amenazan. Todo es color gris oscuro, solo al fondo se vislumbra una franja rosa. Un cielo humilde, avergonzado. El aire gime. *Mi hijo fue herido en un campo de batalla oscuro y silencioso que no conozco y ahora grita sin sonidos.* Seguimos por el camino de tierra hasta detenernos en una tranquera. Mis ojos, mis oídos y mi olfato están agudizados. Me siento frágil, a punto de llorar.

—Llegamos —dice Osías.

Abrimos el pasador y avanzamos por un sendero arbolado con casuarinas. El sol brilla entre las ramas y dibuja filigranas sobre el pasto. Al final el sendero se bifurca. Uno va derecho a un bosque de plátanos y el otro lleva hacia la casa. Bajamos de la camioneta. Una galería amplia, con baldosas rojas. Al costado, una pileta de natación cubierta de hojas podridas. A unos cien metros de la casa principal hay un galpón de chapa, con las puertas abiertas. Sentimos un ruido. El avión fumigador planea por encima, humedece nuestras cabezas, sigue de largo y desaparece en el horizonte.

Golpeamos las manos.

Unos perros chumban.

—Tu jefe te cortó los víveres, tu hija está en Buenos Aires y yo podría estar tranquilo en casa —dice Osías—. Francamente, no sé qué estamos haciendo acá...

—Yo tampoco.

El encargado abre, nos saluda con un apretón de manos, pide disculpas por la demora. Se excusa por no invitarnos a entrar. Nos explica que sus hijos están de visita: desde adentro se escuchan voces y risas infantiles.

—Los tenemos encerrados —dice el hombre—. Por el avión —agrega.

—Buscamos a Ema Grinberg.

—Sí, anduvo por acá.

Ahora el griterío es ensordecedor. ¿Se pueden callar?, ordena el encargado.

Nos mira.

—Esto es un infierno —dice.

Una mujer se asoma por la puerta de la cocina. Carga un bebé envuelto en una manta celeste. Los piecitos con medias se mueven debajo de la manta. La cabeza tiene el tamaño de un globo y ella se la sostiene con la mano apoyada en la nuca. Busca mi mirada y sonríe con resignación, como esperando un elogio que no llega. *Feo, de cara apretada, llena de arrugas y residuos de grasa. Tenía los ojos completamente cerrados, como las conchas de un bivalvo y unos tubos de goma penetraban por las fosas nasales. Bajo el vendaje, el cráneo estaba recubierto de algodón ensangrentado.* En ese momento el avión hace otra pasada encima del bosque de plátanos. Ahí no, grita el hombre, vas a joder los árboles. El avión gira, se aleja y vuelve hacia la casa. El hombre le ordena a la mujer que se esconda, entra y aparece con una escopeta. Apunta hacia arriba y dispara varias veces a la estela blanca que se forma en el aire. Siento que las balas me rozan las orejas. Osías me agarra la mano y corremos hacia el galpón seguidos por los ladridos de los perros. Pasa un rato. Masticamos silencio. Cuando todo está tranquilo salimos. Una lechuza vuela y se posa en el poste del alambrado. A unos cincuenta metros un pozo nos llama la atención. Por la montaña de tierra fresca que hay alrededor, no hace mucho que fue cavado. Osías se adelanta, me hace una seña para que me detenga pero igual avanzo y me paro a su lado. Miro hacia abajo. Bidones vacíos con las etiquetas húmedas, enrolladas en los bordes, mezclados con latas oxidadas y bolsas de basura. El banderillero está enterrado en el medio, con las rodillas levantadas, en posición fetal. El Noxa no puede ser más efectivo.

26

El cielo está tan gris como el fondo del pozo. El aire, húmedo, pesado. En cualquier momento se larga a llover. La concentración es en la plaza. Desde temprano los hombres esperan el inicio de la marcha sentados en el cordón de la vereda o en los bancos de madera que rodean el monumento al inmigrante comentando el hallazgo del cuerpo del banderillero en el pozo del campo. Camino a lo largo de la diagonal, cargando la computadora. Carteles. Volantes. En la vereda de enfrente, Daysy ya está bajando las persianas. En el momento que aspiro el olor de un carro de garrapiñadas, siento que me empujan. Es un toque leve, pero me alcanza para reconocer al cara de payaso, que desaparece entre la multitud. Mi pulso se acelera. El corazón late apresurado. Me acerco a unas mujeres que ocupan parte de los canteros, debajo de los árboles. Una me ofrece un mate. Al rato la columna se pone en movimiento. Se mueve despacio. Cabezas y calles se mueven alrededor. Empieza a soplar viento y los volantes se arremolinan en las cunetas. Me pregunto por qué estoy acá, dando la vuelta al perro en vez de seguir con mi trabajo. Cada vez es más difícil avanzar. Los brazos me pican. El olor a garrapiñada se mezcla con el de los escapes de autos, con el pan recién horneado.

Veo a Diego parado en la esquina de la plaza. Al notar mi presencia levanta la mano, cruza la calle. Me siento como si fuera otra, una mujer que está a punto de dar los pasos que la separan de él. Intento huir pero me quedo rígida, en actitud de espera. Sin embargo me agrada que esté acá, mezclado entre la gente *eso me gusta* de él *amable con las viejas y los camareros y los mendigos también no es orgulloso por nada pero no siempre si alguna vez le pasa algo serio de verdad mejor que se vaya al hospital..* Cuando se acerca, lo abrazo sin importarme las miradas de los que me rodean.

Le cuento qué pasó.

—¿Muerto?

—Sí.

—¿Dónde?

—En el campo de Adela Torres.

—¿Lo viste?

—Estoy citada como testigo.

—¿Por qué no me llamaste?

Mi cuerpo retraído por su abandono. La ceguera de la luz me separa de su sombra. Pero ni bien él sonríe —se le forma un hoyuelo en el mentón— me siento desarmada. No hay caso, mi resistencia es débil, se preparó durante días para deponer armas en un instante. Nos apartamos de la gente. Caminamos agarrados de las manos. El cartel de la panadería. Un hombre en bicicleta. Una azalea florecida. A lo lejos, se escuchan los altoparlantes de la plaza. Al llegar a su casa vacilo, me paro en la puerta. Diego aumenta la presión sobre mi brazo. Entramos. Me despego un volante de la suela. Dejo la computadora encima de la mesa. Tenemos que hablar, pienso, pero elijo el peligro *a una le encanta cuando se siente de esa manera tan buena por todo el cuerpo que no se puede resistir, no hay cosa como un beso largo y caliente.* Vamos al dormitorio y caemos sobre la cama con la ropa puesta. Diego me agarra las muñecas, busco su torso con mis dientes. Me pongo encima, le acerco una teta a la boca. Él me corre el corpiño, la chupa. Se desprende el pantalón, se desnuda. Me saca la bombacha, me resisto, no quiero que le resulte tan fácil pero se desploma encima de mí con todo su peso *aplastándome todo el tiempo con los huesos de las caderas, pesa mucho también su pecho con este calor siempre teniendo que tumbarse para ellos.* Le clavo las uñas cuando acaba. Nos quedamos un rato en silencio, escuchando los pasos que vienen de la calle. No puedo decir si sus ojos están entreabiertos o cerrados.

El celular suena.

—Dejalo.

A los segundos, el aviso de un mensaje.

Me levanto.

—Qué buen culo tenés —dice.

Vuelvo a acostarme a su lado, tapada de oscuridad. Alrededor, la pieza.

–¿Qué querés tomar? –dice, al rato.

–Café.

Se levanta.

Mi ojo despegado.

Su espalda.

Traigo la computadora, la pongo encima de mis piernas. Busco la pericia psiquiátrica de María Ordóñez: "La imputada refiere que convivió con Celso Castillo, padre de sus cuatro hijos, luego con Dámaso Pérez, padre de los otros dos, con lo cual puede considerarse pobreza con alto grado de vulnerabilidad; es una persona con empleos precarios, no contenedores. Y su grupo familiar el punto de expulsión, lo cual genera condiciones psicológicas de riesgo".

–Ya va –la voz de Diego, en la cocina.

Su espalda.

"A través de su relato se suceden eventos traumáticos, vinculados a fenómenos de violencia física y emocional, con consecuencias clínicas permanentes..."

Diego aparece con la bandeja. Me levanto y camino con la taza en la mano hasta la celosía, miro las sombras y luces a través de las ranuras. Vuelvo a la cama. Él se acuesta a mi lado, bebe un sorbo, lo deja en la mesa de luz.

Pone la computadora en el piso.

–El trabajo después –dice.

Lo acaricio mientras le beso las tetillas. Me incorporo y le busco la boca. Me mira mientras me subo sobre él, le hundo la cara en el cuello. Cuando terminamos me quedo con la cabeza reclinada sobre su hombro. Empiezo a imaginar su llegada a casa, los comentarios sobre los pacientes mientras me pasa la mano por el culo o mis pellizcos mientras él lava los platos, descreo de la rutina *tratando de hacer de mí una puta, no hay satisfacción en eso fingiendo disfrutar hasta que él se corre y entonces lo termino yo misma de cualquier manera con todas las maravillas que dice la gente es solo la primera vez después es nada más lo corriente,* todo pasa por mi cabeza mientras él aumenta la presión del brazo. Date vuelta, dice. Giro. Siento el peso de su cuerpo *mejor que él se lo meta por*

*atrás del modo que lo hace la señora Mastiansky, me dijo
que se lo hacía hacer su marido como los perros y sacar la
lengua y él tranquilo y manso nunca se sabe con los hombres
la manera como les agarra.*
—¿Te gusta?
—Sí.
Mientras me penetra acerca la mano a mi boca, la lamo,
la muerdo fuerte. Él aguanta, aflojo cuando acaba. Se voltea
sobre un costado de la cama. Quedamos así, él boca arriba, yo
boca abajo, en silencio, escuchando cómo respiramos.
—¿Te duele?
—No.
—Te pasa algo.
—No.
—Vení.
Giro, me apoyo otra vez en su hombro.
Me acaricia la panza.
—Te imagino embarazada.
Me pongo tensa.
—No digás boludeces.
—No lo son.
—No jodás con eso.
—No jodo.
—Tengo una hija.
—Tengamos otro.
  Me levanto, voy al baño, me siento en el inodoro. Él me
sigue. Tiene el pelo revuelto.
—¿Tu mujer nunca viene? —pregunto.
Él no dice nada. Gira y atraviesa el pasillo. A través de la
puerta entreabierta veo que agarra el boxer, se lo pone. Busca
el pantalón debajo de la cama. Vuelvo a la habitación, revuelvo
las sábanas hasta encontrar mi ropa. Empiezo a vestirme.
Miro ese cuerpo que acaricié minutos antes y siento que esta
historia se está terminando *entonces que vaya él a verla ella
estaría encantada de hacer como si estuviera loca de amor
por él eso a mí no me importaría mucho o nada más que iría
a verla y le preguntaría ¿la querés? y lo miraría a la cara
para que no pudiera engañarme.* Me arrodillo, levanto la
computadora.

—Se queda en Buenos Aires por la nena, dice. No la queremos cambiar de colegio.

—¿Van a seguir así?

—¿Cómo?

—¿Se van a separar?

—No.

—Gracias.

—¿Por?

—No mentirme.

Lo miro con afecto. Una buena chica incapaz de dejar a una nena sin su padre. Estoy por decir otra cosa pero callo. Me despido y vuelvo caminando. Afuera las nubes se fueron con el viento, el sol aprieta. Polvillo en el aire. Volantes. Banderines. Sé que llegué a un final y me reprocho haberme embalado sin medir las consecuencias, tirarme a la pileta sin saber si tiene agua. Lo único que quiero es ir al hotel. Ni bien entro, la dueña levanta los ojos de una revista. ¿Va a cenar?, pregunta. Más tarde, contesto. Subo a mi habitación, entro, me desplomo en la cama y prendo la computadora. El sufrimiento ajeno anestesia: "Todo el conjunto de manifestaciones de violencia recurrente vinculadas al género son descriptas como síndrome de la mujer maltratada"...

No quiero perderlo.

Voy a decirle cuál es el problema.

Él.

Yo.

Vivimos juntos, cada uno en el lugar que le corresponde. Diego como marido ausente, su mujer como madre ejemplar, yo la otra pata de la mesa, para coger y llenar el hueco. Pero un día no estoy. Me fui sin avisarle. Es temprano pero el cielo clarea mientras que el horizonte sigue oscuro. Mi cuerpo ya no está, camina por las calles del pueblo. A lo lejos, el avión empieza su vuelo ascendente, da unas vueltas, larga una lluvia blanca.

Dejo la computadora.

Miro el celular.

Escribo: Te extraño.

Me contesta: Estoy atendiendo.

Tiemblo. Una parte de mí se desprende y flota. Me acurruco debajo de las sábanas.

Otro mensaje: Te espero.

Me baño, me aplico una ampolla en el pelo. Elijo un jean ajustado, meto el celular en el bolsillo.

Llamo un taxi.

Cuando me abraza, descubro la mano lastimada. Apoyo mi dedo en la herida. Él retira la mano.

—No seas maricón.

Él no dice nada, deja la mano en el mismo lugar que antes. Hago una presión leve. Aprieto más fuerte. No aguanta, la separa. Él me busca la teta pero le tiro el pelo hacia atrás. Me agarra de las muñecas, las lleva hacia delante. Siento la respiración caliente de su boca entreabierta. Me desplaza hacia la pared.

Veo el pasaje encima de la mesa.

¿Te vas de viaje? —pregunto.

El celular suena.

Vera, pienso.

Estiro la mano hacia el bolsillo.

Escucho:

—Sé que me estás buscando.

Reconocería a Ema en el fin del mundo.

27

Tengo que llegar hasta el final. No saco los ojos del camino. Las gomas levantan un polvo seco, pegajoso. Me parece estar bajando una rampa y se me ocurre que es a causa del silbido del viento entre los árboles. Otra vez me falta el aire. Por qué me puse la camisa azul de mangas largas, hace demasiado calor. Pero ni bien escuché la voz de Ema pensé en un color que le gustara. Y si no estaba yendo hacia una trampa. Recordé lo brava que era, esa anécdota de infancia. Cuando le conté que me hacían dormir deslizando el cochecito sobre el piso de madera ella contraatacó con su historia, me parece escucharla. La madre intentó hacerla comer pero ella se negaba. Se sacaba la leche, se la metía en la boca pero Ema la escupía. Cuando esté muerta de hambre se va a prender, decían las vecinas. Pero los aullidos le impedían a la madre pensar, se tapaba las orejas con un trapo.

Como yo lo haría ahora, para no escuchar al taxista. El precio de la soja, los cortes de ruta, el muerto que encontraron en un pozo en medio del campo. El sol hace hervir la chapa del auto. Un kilómetro. Dos. Apenas mis ojos se alejan del ripio la conversación me atrapa. Después de la curva aparece el árbol caído. Unos arbustos se cierran sobre el auto. Una rama entra y se detiene sobre mi pecho. La aparto, levanto la cabeza. Enfrente está la sinagoga. ¿No quiere que la espere?, dice el hombre. No es necesario, contesto, sin saber cómo voy a hacer para volver. Me da una tarjeta con el número de teléfono. Bajo y le pago. Mientras escucho el motor que se aleja, avanzo por el sendero de lajas gastadas, bordeado de yuyos. Miro la construcción pintada con cal. A través de la puerta entreabierta, la luz de una lámpara se refleja en las paredes blancas.

Entro.

Está oscuro, huele a hierro, a cemento y hace ese calor intenso que se convierte en transpiración en un instante. Me seco la frente con la manga de mi camisa azul. Cierro los ojos. Veo a mi *bobe* sentada en la mecedora leyendo a Scholem Aleijem. Trepo las colinas de Massada y hay legiones sitiando la ciudad. Hablo con el *golem* de Praga, paseo por *Kasrílevke* cantando *Si yo fuera Rothschild,* soy la hija del *rebe* en la calle Krochmalna comiendo pepinos agrios antes del rezo del viernes, la vendedora de puntillas en el mercado de Besarabia y la mujer que observa, una tarde de primavera, el movimiento de barcos en el puerto de Odessa.

Los abro. Avanzo guiada por la luz. Sobre una mesa hay un candelabro de bronce. El brazo central está sobre la base de un trípode y de él salen otros tres a cada lado. El aire parece cerrarse sobre mi cabeza. Entonces una figura se interpone, arroja una sombra delante de la lámpara. El corazón me late fuerte. Seguimos invisibles. Estoy a punto de decir algo cuando la figura se endereza, gira y va hacia la luz. De manera instintiva, la dejo pasar, retrocedo. Es un lugar seguro, me dijo Ema cuando me propuso encontrarnos en la sinagoga. Pero el sonido de mis propios pasos me estremece. Y de pronto, la veo. Aunque no alcanzo a divisar su cara, puedo reconocerla por su forma de caminar, por el largo de las piernas. No hay forma de evadirme, todo lo que deseo es irme de este lugar para no explicar qué estoy haciendo acá, para no escucharla. Pero Ema se acerca cada vez más. Viste vaqueros, una camisa suelta de jean, botas y una gorra en la cabeza, de la que emerge una trenza. Se queda un momento con el codo apoyado en la pared y se deja rodear sin responder a la presión de mi abrazo. Me separo. Está más flaca y tiene la cara hundida, angulosa.

Hay sombras y ella se mueve entre las sombras. Una silla surge en la oscuridad, me la ofrece. Acerca otra. Nos sentamos enfrentadas, nuestras rodillas casi se tocan.

—Marcia.

—Ema.

Los brazos tensos.

—Pasó mucho tiempo.

—No cambiaste demasiado —dice.

—Te creció el pelo.

Se saca la gorra, tira la trenza hacia atrás. Pese a la poca luz, creo advertir un brillo plata.

—¿Cómo está Vera?

—Bien.

No pregunta por Pablo.

Levanta la mano.

—Tenemos que hablar.

—Sí.

—A solas.

Sonríe.

—Más solas no podemos estar.

Mira mi camisa.

—Linda pilcha.

—Vamos a lo nuestro —le pido.

Lanza un suspiro largo.

—No quería jugar al gato y al ratón. Tenía mis motivos.

—¿Por qué no me contás?

Apoyo mi mano en su rodilla. Me inclino. No siento ningún ruido, ni siquiera el de su respiración. Está de espaldas al candelabro. La lámpara juega al claroscuro con la trenza. Ahora alcanzo a ver algo más sobre la mesa. Una botella de agua mineral. Jugos de fruta. Una bolsa con pan lactal. Restos de fiambre.

—Vení, más cerca.

Pongo la silla a su lado. Le paso el brazo alrededor del cuello, le acaricio el hombro.

—Tu hijo —digo.

—Se llama Tomás.

Aclara: Tomi.

—Supe que el embarazo venía mal —arranca—, y decidí tenerlo lejos. No quería que en el pueblo se enteraran. Me fajé, la panza tardó meses en notarse. Además yo vivía viajando, iba y venía por el vivero, los cortes. A nadie le asombró que desapareciera por un tiempo y volviera como si nada. Tomi nació con dificultades respiratorias. Casi no tenía reflejos. Estuvo así más de un mes. Cuando salió de la terapia indicaron una evaluación neurológica. Tomi no se movía, no respondía a ningún estímulo. Hice varias consultas, todas coincidieron. Retardo madurativo grave, irreversible.

Se suena la nariz.

—Le hicieron tratamientos de estimulación, no evolucionó. Hasta que el equipo que lo atiende decidió internarlo.

—¿Dónde?

—En un instituto de Rosario.

—¿Y cómo está ahora?

Me aprieta la mano.

—No habla, solo unos sonidos. Come con ayuda. No controla esfínteres.

Kenzaburo Oé.

—No me reconoce.

Al padre le avisan que su mujer parió un monstruo

—¿Alguien sabía el estado de Tomi?

—Osías, él siempre estuvo cerca. Pero el último tiempo nos distanciamos.

—¿Por?

—Éramos amigos, compartimos las primeras asambleas, acompañó todos nuestros reclamos. Pero algo pasó. Empezó a pedirme que no me involucrara en las protestas, decía que no había estadísticas confiables para afirmar que el Noxa provocaba malformaciones en los chicos. Después me enteré que Valverde lo apretó con la guita de la Cooperadora. Si le cortaban los víveres se tenía que llevar los cacharros a la casa. Ese museo es todo para él, le dedicó su vida. Lo acusé de darse vuelta. Discutimos, sentí que algo entre nosotros se había roto.

Mi hijo fue herido en un campo de batalla silencioso y oscuro que no conozco.

—¿Y Valverde?

Le cuesta seguir.

—Estaba desesperada, no sabía a quién pedir ayuda. Él tenía contactos con el Ministerio y me consiguió el subsidio.

Ema hace una pausa.

—Siempre me tiró los galgos.

Se retuerce las manos.

—Si no lo conseguía —dice— a Tomi lo mandaban a un cotolengo.

—¿Y el padre?

El ruido de un auto. Las dos miramos hacia la puerta.

—Algún vecino —dice Ema.

—Hablábamos de Valverde.

—Empezamos a vernos con frecuencia. A él no le importaba que yo estuviera en los cortes, es más, le parecía divertido, lo excitaba encamarse con la zurdita. Cuando íbamos a la ciudad parábamos en los telos de la ruta. Con las idas y vueltas empecé a ser testigo de cosas que no me gustaban. Presionó la acusación contra María Ordóñez, es primo del fiscal de la causa. No era buena prensa para Noxa que apareciera un bebé enterrado en el campo. Contrató seguridad cuando empezaron las protestas. En uno de esos viajes me contó que Adela Torres fue su amante. Cuando quiso cortar ella le dijo que la había estafado, que lo iba a denunciar. Una noche, mientras volvíamos de ver a Tomi, mandó a hacerle un apriete.

—¿Él la mandó matar?

Ema juega con la trenza.

—No, solo quería pararle el carro. Adela levantó la apuesta, dijo que iba a contar el romance. Valverde se descontroló. Su mujer no se lo iba a perdonar, es su socia y lo tiene agarrado de las bolas. A los muchachos se les fue la mano.

—¿Y el banderillero?

—Vio todo. Lo limpiaron.

Hace una pausa.

—Yo también me asusté, decidí esconderme. Recibí amenazas por teléfono, un anónimo en el vivero. Los hombres de Valverde empezaron a seguirme.

—¿El cara de payaso?

—Sí.

—Estás loca.

Asiente con un movimiento de cabeza.

—¿Alguien te ayudaba?

—Sara, vive acá cerca.

—Falta una cosa.

—¿Qué?

—Quién es el padre.

Me clava los ojos.

—De Tomi —insisto.

Ema vuelve la cabeza hacia la pared, levanta la mano y la mueve con un gesto amplio que abarca todo el campo, que intenta llegar mucho más lejos. En sus ojos aparece una expresión nueva, un color diferente, un destello astuto.

—¿No lo adivinaste?

Nos miramos. No me atrevo a nombrar a Pablo. Ella se incorpora de la silla, crispa las manos sobre el travesaño.

—Basta de adivinanzas —digo—. A ver si entiendo. Te embarazaste y el padre no quiso hacerse cargo. Durante esos meses empezaron las sospechas de los efectos del Noxa por los abortos, las muertes de los bebés. Cuando nació Tomi necesitabas plata para la internación y no te importó encamarte con el responsable de que tu hijo naciera así...

—¿Vos qué hubieras hecho?

—No sé, pero Valverde...

—¿Me esperaban, chicas?

El cuerpo del cerealero se recorta en la puerta de la sinagoga. No me mira. Mira a Ema.

—Hola, nena. Te estaba extrañando.

Ema se desplaza hacia la mesa.

—No te acerqués.

Valverde se detiene.

—Vamos, no seas arisca. Sabía que en algún momento ibas a llamar a tu amiguita, no le sacamos los ojos de encima.

—La seguiste.

—Si lo ves así.

Da otro paso.

—No te movás -dice Ema.

—Cuando íbamos a visitar a tu plantita eras más cariñosa.

La boca de Ema es un agujero negro.

—No la pasabas tan mal -dice él.

Ema estira la mano.

—Los viajecitos te gustaban...

—Agarra el candelabro.

—Mami...

—No me llamés...

El golpe es seco.

Valverde se tambalea. Tiene la boca abierta. Intenta levantar el brazo, llevarlo a la cabeza. Se le doblan las rodillas y cae cerca de mis pies, con la cara hacia abajo.

—Ahora me tengo que ir —dice Ema.

Al alejarse, se da vuelta, vacila un momento. Linda pilcha, repite. Hace un gesto de adiós con la mano. Se lo devuelvo pero ya está demasiado oscuro para que lo vea.

28

Dos días sin noticias. Al tercero la policía recibe un llamado anónimo: vieron a una mujer merodear los silos, esos cilindros con escaleras y plataformas en los tercios superiores que yo observaba en mis desplazamientos por la ruta. Los construyó el primer acopio que funcionó en el pueblo pero desde hace años solo sirven para engordar ratas con granos fermentados que se pudren adentro. Nadie frecuenta ese lugar, salvo los crotos en tiempos de cosecha. Si la información sobre el paradero de mi amiga es cierta confirma su audacia para esconderse entre las ratas o animarse a las alturas esperando que todo pase. Más allá de encontrarla o no, una pregunta sigue latiendo dentro de mí con fuerza.

Escucho en el televisor: "Se está en condiciones de informar que Sara Godoy no sólo conoce a la prófuga, sino que también la ayudó a evadir las fuerzas policiales. De acuerdo a fuentes bien informadas el vínculo entre Godoy y Grinberg nació en los cortes a la ruta que los vecinos impulsaban para protestar por la fumigación con Noxa. Se presume que la mujer continúa en la zona".

A las pocas horas se dispone un operativo para controlar las vías de escape. El comisario de Turismo Carretera hizo una llamada y me autorizaron para unirme a la búsqueda: Valverde se estaba recuperando y con un buen abogado Ema zafaría de la imputación por lesiones graves. Salimos por el lado del cementerio. Nos sigue otro patrullero, un poco más lejos. Un chico sentado en la banquina levanta la mano para saludarnos. Un ciclista se sobresalta al escuchar la sirena. Nos desplazamos al otro carril para ceder paso a una cosechadora. Doblamos por un camino de tierra. Si no conocés bien no llegás, me dijo un chacarero que prefirió no dar su nombre. El sendero se angosta, es apenas más ancho que el auto.

Al llegar vemos un cartel descascarado: "Silo. Propiedad privada". Cuando recién se construyó era uno solo, me lo contó la dueña del hotel. Pero mientras se hacían los otros, el acopio quebró y el cereal quedó adentro, pudriéndose de a poco. Y también que es un sitio peligroso, alguien arrimó un fósforo y la bola de fuego lo arrojó por el aire. Bajamos y seguimos a pie aplastando unos yuyos altos. Despacio, nos acercamos. Olor a pudrición, a materia descompuesta. Pasa una hora, dos. Un policía mastica un pasto verde sin retirar la mano de la pistola. Más atrás, otros custodian con armas largas. Una rata aparece debajo de un matorral. La cola mide como el cuerpo y las orejas alcanzan los bordes de los ojos. Otras entran y salen, se esconden debajo de las chapas. De pronto una marrón oscura, con motas ocres, se detiene, corre hacia mi pie, da una vuelta sobre sí misma y se reúne con sus compañeras lanzando un chillido. Estoy paralizada. Como en un párrafo de *La peste*: "Las ratas empezaron a salir para morir en grupo. Del subsuelo, desde las bodegas, desde las alcantarillas, subían en largas filas titubeantes para venir a tambalearse a la luz, girar sobre sí mismas y morir junto a los seres humanos. Por la noche, en los callejones y corredores, se oían gritos de agonía. Por las mañanas se las encontraba en el mismo arroyo con una pequeña flor de sangre en el hocico".

Pero no es la sangre de las ratas la que me preocupa sino la ausencia de la mía. Trato de no pensar en ese atraso, ya tendré tiempo de ocuparme cuando todo haya pasado. Ahora el silo alto atrapa mi atención. La chapa oxidada. La escalera adosada a la pared. La plataforma superior es chica, apenas entra una persona. Imagino el banquete ahí adentro, las mandíbulas en movimiento, las panzas hinchadas. Imagino las crías desnudas, sin pelo, esperando la comida. Imagino una rata alimentando a su hijo. Ema no va a aparecer, pienso, mientras leo en el celular: "Algunas denuncias tienen datos y detalles más rigurosos y otras menos, pero todas son analizadas", dicen sobre la pista de la prófuga. Arriba, unas palomas picotean el cereal. Hay una posada en la baranda, viene otra, aletea y la espanta hasta que el lugar queda vacío.

−¿Tiene sentido seguir esperando?

El policía de las encías verdes cruza el índice sobre boca. Interrumpe el gesto en forma brusca.

—Ahí está.

Veo una camisa de jean. Unas botas embarradas. Una gorra. Las imágenes se suceden a toda velocidad, como en una película. Tengo el impulso de correr para advertir a Ema el peligro de una explosión. Otra vez escucho el crepitar de las llamas, siento el calor del fuego. Las chapas reducidas a esqueletos chamuscados mientras las chispas vuelan y la columna de humo sube hasta el cielo. La camisa vuelve a asomarse, está cada vez más cerca. Un paso. Dos. Tres. El movimiento excita a las ratas, que chillan adentro del silo. Quiero gritarle que se detenga, hay preguntas, interrogantes que flotan en el aire. Pero la mujer que huye no es la Ema que conocí sino la mamá de Tomi.

—Está subiendo —dice el policía.

Empieza a oscurecer. El sol desciende entre las nubes bajas. El naranja vira al rojo y después al violeta. Me acerco. Latas de cerveza. Etiquetas de cigarrillos. Unas botellas vacías. Escucho los grititos de las ratas, el crujir de sus mandíbulas, las patas contra las paredes de chapa. Mi corazón se acelera. No puedo moverme. Si tropiezo me comen viva, pienso. Me asomo y veo una bota encarar hacia la escalera. Un pie. Otro. El policía levanta la cabeza. Ahí va, confirma. Trepo los escalones cargados de polvo. Las huellas son tan claras como si Ema caminara en la nieve. Pese a mi temor a las alturas, es un alivio alejarme del piso.

El policía dirige la linterna hacia arriba

—No puede escapar —dice.

Una piedra cae. La linterna se le escapa de la mano y aterriza abajo del silo.

—Hija de puta.

Me doy vuelta.

—¿Está bien?

—Sí.

Trato de imaginar a qué altura estoy. Me digo que ya subí lo suficiente. Levanto la mano para tocar el travesaño. El metal está frío. El tobillo vuelve a molestar. Una puntada fuerte. Pienso qué voy a hacer cuando llegue arriba, qué voy a decir para convencerla. Lo mejor es seguir sin pensar. De pronto un grupo de palomas. Conservan algo de claridad contra el cielo oscuro, un entrevero de alas fugaz, pero visible. Se pierden a la distancia y retoman volando contra el último resplandor de la tarde. Me enderezo, trato de mantenerme pegada a la escalera. Sigo subiendo. Las manos sucias, con óxido. El codo en carne viva. Creo que voy por la mitad cuando grito: "Ema" y el eco contesta: "Ema, Ema". Su nombre se esparce por el campo y provoca movimientos adentro del silo.

Su voz pregunta:

—¿Qué puedo hacer?

—Busquemos la forma de arreglar las cosas.

—No veo nada.

—Tené cuidado.

—Está muy oscuro.

—Bajá, por favor.

—¿Te acordás esa poesía que aprendimos de chicas?

—Claro.

—La recitábamos antes de dormir.

—Sí.

—¿Cómo empezaba?

Mi voz suena como un chillido.

En el campo moro
entre las espigas
allí encontraron
dos niñas perdidas...

El viento sacude la chapa. Al inclinarme para masajear el tobillo, pierdo el equilibrio. Me aferro al pasamano: el seguir pegada la escalera y posibilidad de una caída se anulan, a favor de seguir subiendo. Un poco más, me animo. Las suelas de mis zapatillas se adhieren a los escalones como si fueran chicle. El miedo me eleva milímetro a milímetro. Veo una estrella. Alrededor, el cielo oscuro. A medida que subo aparecen otras hasta formarse una constelación blanca, como una corona. No estás asustada, me digo, no, no. No.

—Bajá —pido. Levanto la cabeza.

Dice:

—Me encantó tu camisa.

—Te la regalo.

—Te quiero, amiga.

—Yo también.

—¿Viste que no hay luciérnagas?

El haz de un reflector ilumina el silo. La luz atrapa a Ema como a un conejo encandilado en medio de la ruta. Se lleva una mano a la cara, parpadea, se queda quieta un momento y desaparece en la oscuridad. Pasó la plataforma, pienso. Me aferro más al pasamanos. Las palmas tensas, húmedas. Quien alguna vez escaló una montaña sabe que el tiempo se afloja, las paredes se derrumban y se marcha como en un sueño. No quiero mirar hacia abajo. Las piernas me tiemblan. A medida que subo el aire es cada vez más frío. El viento me golpea la cara. Tambaleo, me agarro con más fuerza. Una paloma se me enreda en el pelo, la espanto. Faltan pocos metros para llegar pero es un ascenso inútil, el final del camino. Ema también lo sabe: así como un animal herido se oculta bajo un árbol ella busca la altura. Y por un momento, mientras subimos somos otra vez dos nenas corriendo por el campo, las cabezas al sol, las zapatillas embarradas, las caras coloradas como tomates, ella me desafía: el último culo de perro, sus piernas largas doblan y se mete en un campo de girasoles y yo la sigo. Ahora soy yo la que intenta una vez más decir: Ema, pero mi voz no sale, se ahoga entre las sombras y el viento. La escucho pronunciar mi nombre y quedo inmóvil.

Seguí, me ordeno.

Un escalón.

Otro.

Ella grita:

—Cuidá a Tomi.

Se arroja al vacío.

29

Seguimos el cortejo a través del camino de lajas. El sol nos perfora la nuca. Las torcazas picotean en busca de gusanos. Las fotos son borrosas, no puedo leer los apellidos. Nos detenemos junto al pozo. A último momento el rabino accedió a enterrar a Ema cerca de la madre y no afuera, en el lugar de los suicidas. Ahora el cajón baja lentamente. El silencio perfora la mañana. Miro alrededor. Las tumbas están unidas por unas telarañas transparentes, casi invisibles. María aferra la mano de Rosario mientras con la otra se seca los ojos. El tribunal la absolvió de los cargos y la dejó libre. Un poco más allá, Sara habla con la viuda Filkenberg. El rabino tiene una camisa blanca, la calva y el cuello enrojecidos. No debemos llorar por la que se va, dice después de leer el salmo, sino confortar y cuidar al que recuerda. Le hace una seña al encargado, quien me indica la montaña de tierra. Me inclino, tomo un puñado y estoy a punto arrojarlo cuando siento el mareo. Abro los dedos. El avión nos pasa por encima y por un momento queda quieto, suspendido en el aire. Levanto la cabeza. Cuando la bajo me parece ver a Osías. Un rato antes de salir para el cementerio, le mandé la nota sobre el Noxa. Al terminar la ceremonia apura el paso hasta alcanzarme.

—¿Te acerco?

La pregunta me sorprende.

—Bueno.

Recorremos el laberinto de lápidas hasta llegar a la reja.

La camioneta conserva el olor a nuevo.

Unas hojas sobresalen de la guantera.

Es mi nota, impresa.

La señala.

—¿Vas a publicar esta mierda?

—Sí.

Me acomodo junto a él en el asiento delantero. Osías prende el motor. No quiero contarle que Juan la rechazó y que mi futuro en el diario tambalea. No va directo al pueblo sino que enfila hacia la ruta. Quiere decirme algo, pienso. Un cartel arrancado con el viento. Propagandas de semillas en los alambrados. Restos de gomas quemadas. El acoplado solitario en medio de un lote. Pese al dolor en el tobillo, empiezo a arrepentirme por haber aceptado la invitación.

Osías apenas mueve los músculos de la cara.

—Qué decís.

—No digo nada.

—Y qué pensás.

—En Ema.

—¿Y?

—Me pregunto por qué lo hizo.

—Y eso qué tiene que ver con lo que estábamos hablando. Si la cerealera cierra ponemos bandera de remate y nos vamos todos.

—Por qué tomo esa decisión.

—No pudo soportar lo del hijo, qué sé yo, no soy adivino. Lamento lo que le pasó a tu amiga, pero lo mío es que el museo siga abierto. De Buenos Aires no mandan un mango y no voy a andar averiguando de dónde viene la guita, con todos los quilombos que tengo. Y vos sos uno de ellos.

Saca las hojas y las agita delante de mi cara.

—Dejate de joder con el Noxa.

Extiendo la mano hacia la puerta.

—Te conviene.

Bajo cerca del vivero. La camioneta gira en la esquina. Se va, eso es todo. Abandona el escenario de los hechos. Me quedo parada en la vereda, como esperando una explicación. Las palabras me ahogan y no encuentro la forma de decirle adiós. Camino despacio hasta ver el cartel con letras verdes, la cerca de glicinas azules. Las puertas del local están cerradas. Voy hasta el fondo del tinglado, entro a la casa. Rosario está en el dormitorio de Ema, vaciando los cajones. Sobre el acolchado se acumulan mallas, remeras, gorros, medias, las cartas de la madre, el sobre con la foto del embarazo, la historia clínica de Tomi. *Mi hijo fue herido en un campo de batalla oscuro y silencioso que no conozco.* Usted sabía lo del nene, pregunta. Afirmo con la cabeza. No se merecía un final así, dice mientras acomoda una pila de bombachas. Dudo que Rosario sea sincera. Mis pensamientos se ordenarán cuando reconstruya la mañana que la vi con Valverde en la puerta del banco. En ese momento pensé que eran amantes. Como al pasar, menciono al cerealero.

—Lo llevan a Buenos Aires —dice.

—¿Por?

Saca la foto.

—Le descubrieron un linfoma.

Guarda el sobre en la cómoda.

Es de las que se alegra con la desgracia ajena, pienso mientras me despido. Es la hora de la siesta. Las calles están vacías. Atravieso la plaza. El monumento al inmigrante. La municipalidad. El teatro. La sinagoga. Cruzo y entro a la farmacia. La dueña aparece detrás de una estantería. Me pregunta si llevo lo de siempre. Un antiinflamatorio, digo. La mujer lo saca del armario de madera y mientras lo envuelve le pido un Evatest. Deambulo por la diagonal. Unos altoparlantes anuncian el debut del circo. Un semáforo en rojo. Una bicicleta. Ahora, el sol pega cada vez más fuerte. Ladridos de perros. Un afilador de tijeras. Llego al hotel. El bar está en penumbras. La dueña limpia la campana de las medialunas detrás del mostrador. Ni bien entro levanta la mirada. Las mejillas cubiertas de un polvo blanco. Me pregunta si fui al cementerio. En el televisor hablan de una planta de Noxa que se instalaría en los silos abandonados, en el mismo lugar donde murió Ema. El gobernador anuncia la creación de un parque industrial con fondos que aportará la provincia. Me quedo mirando la pantalla. Digo que a la noche dejo la habitación. ¿Se va?, pregunta. Vacila un momento, sigue frotando el vidrio. La boca se tuerce con un rictus:

—Su amigo también se fue a un congreso en Cancún, de esos que pagan los laboratorios. Se lo consiguió el visitador que paró en el hotel hace unos días. ¿Lo vio dando vueltas por acá?

—No.

Pone la campana en el centro del mostrador.

—Puede que ahora vuelvan los turistas.

—Ojalá.

Entro a la habitación. Saco el bolso del placard y meto la ropa. Le mando un mensaje a Vera. Duermo un rato. Cuando me despierto, ya oscureció. Llamo a un taxi. Ahora, en la terminal, me concentro en las franjas amarillas del piso. Las salivaderas desbordan de aserrín. Una mujer teje unos escarpines celestes con una aguja de crochet. Un hombre duerme aferrado a una botella de cerveza. Voy al baño. Busco el test de embarazo, despego el envoltorio. Me bajo la bombacha. Espero unos segundos. Dos rayitas rojas. Subo el cierre, salgo, voy a la sala de espera. Busco un banco cerca de la plataforma. Siento frío y trato de calentarme apretando las manos entre las piernas. El cartel que anuncia las partidas y llegadas no funciona. Miro a través del vidrio. La luna tiene halo. Va a llover en la ruta, pienso.

Nota de la autora

El glifosato es un herbicida cuyo uso se ha incrementado en los últimos años debido al desarrollo de cultivos genéticamente modificados. Un estudio realizado en Argentina da cuenta de miles de habitantes de zonas rurales afectados por las fumigaciones. Se estima que en una década las malformaciones en los recién nacidos aumentaron un 400 por ciento.

En 2015 la Organización Mundial de la Salud encontró pruebas de carcinogenicidad en las personas expuestas al herbicida y recalificó el producto.

Algunos testimonios incluidos en el relato están tomados, con cambios, de *Mal comidos*, de Soledad Barrutti, *La amenaza transgénica* de Jorge Kaczewer y *Pueblos fumigados* de Jorge Eduardo Rulli.

ESTA EDICIÓN DE
«NOXA»,
DE MARÍA INÉS KRIMER
SE ACABÓ DE IMPRIMIR EN BUENOS AIRES
EN EL MES DE JULIO DEL AÑO 2016

RR
EDITORIAL